海豚一下
词意必达

小西利行 著

吴秀玲 唐蓉 招春玲 译

文匯出版社

前言

从"传达"到"传达到位"

只要稍微改变一下思维方式，效果会有戏剧性的改变。

一切苦恼都能迎刃而解。

　　部长交代一项工作，通宵达旦努力完成，最后却还是被一顿痛批。

　　和朋友吵架后，却不知道该如何道歉。

　　想让孩子好好用功学习，可无论说什么都还是不用心。

　　想约女朋友去酒店，却不知该如何开口。

　　怎么也找不到合适的词来形容新产品的优势。

　　绞尽脑汁冥思苦想了数日，却始终没能找到好的创意点子。

周围的人都会说一些有趣的事情，而我却只想到一些无趣的话题。

以上种种苦恼，你是否也曾遇到过？

在每天看似波澜不惊的生活和工作当中，总也免不了大大小小的各种苦恼。当它们来临时，人们就会想尽各种办法尝试去解决。其实，所有的苦恼都源于同一个问题，而绝大部分人不知道只要解决了这个问题，任何苦恼都能迎刃而解。

究竟是个什么问题呢？

其实就是**你努力想要"传达"的意愿**。

很多人都很努力地想要传达，却屡遭失败。

我是一名广告文案，每天的工作就是思考如何传递广告信息、创作广告文字，这些广告包括大家平时所见到的电视广告、网络广告等。因此通常来说，广告文案人员比常人懂得更多的"传达之术"。

说起来在传达方面我们也算得上是行家，但即使这样，我们也曾因为"想要努力传达"遭遇沟通失败。

越是想要"传达"，效果越是不尽如人意。事实上，绝大多数"沟通困难症患者"就败在了"想要努力传达"上。思考良久的结果却是：拼了命努力想出来的东西不被认可，甚至遭到误解。不论是在工作、恋爱还是在个人的政治主张上，很多时候因为想要"努力传达"，反而落得个事与愿违的结果。

这是为什么？

答案很简单。

因为你只想着"努力传达"而忽略了对方的存在，结果就变成了一味向他人灌输自己想法的自我行为。 在对方看来，你说的只是强加于人的内容，对他没有任何好处，既无趣也没有要听下去的理由。也难怪，试想一下如果是自己面对一个丝毫没有半点好感的人，即使他／她对你说几百遍"我喜欢你"，你也不会因此而喜欢上他／她，只会觉得很烦人吧。

答案总是在对方。

我们不妨反过来换位思考如何准确地"传达给对方"。

"传达"是一个人也可以完成的单向行为，而"传达到位"则是需要有另一方才能完成的双向行为。也就是说，为了更好地"传达给对方"，你首先要尽可能多想想对方的情况，例如对方喜欢的东西、希望得到的帮助等，做到心中有数。实际上，像这样**"想象对方的需求和期待"在沟通当中十分重要**，如果是对自己有好处且又能乐在其中的话题，谁都愿意倾听并会采取积极行动。先让对方产生兴趣，再让对方愿意倾听，最终让对方动心，这就是"传达到位"。

也正因为如此，为了更好地做到"传达到位"，**需要将对方的想法做出全方位想象，想出能让对方高兴、动心的好点子**。如果只是一味地想要"表达"，对方并不乐意听，说一些对方已经熟知的知识信息，对方也不感兴趣，就会"传达不到位"。

好点子是日常生活中的"啊˜♡"。

大家可以回想一下自己在推特上转发的推文，不论哪种类型，有趣的、伤感的、事实或者无厘头的话题，

传达到位

总会让你从心里不由得发出"啊~♡"的声音，产生"共鸣"或有"新发现"。那个"啊~♡"就是能打动人心的好点子。哪怕很小也没关系，只要有让对方动心的好点子，自己的想法就能传达到位。那么问题就来了，要如何想出好点子？这里有一个非常简单的诀窍。

　　首先第一步要想象一下对方发出"啊~♡"的微笑瞬间，接下来第二步要找到对方期待的事情和你想传达的内容重合的"共鸣点"，仅此而已。只要意识到"共鸣点"的重要性，就能说出"传达到位"的内容。

　　比如说你想跟喜欢的人表达"想见一面"的想法时，与其说"今天能见一面吗？"，还不如说：

　　"哪怕一分钟都行，今天能见一面吗？ *1"这样对方会更乐意接受。

　　当你约会迟到想发短信致歉时，与其说"对不起，我晚到一会儿，正在赶过去"，不如说：

　　"对不起，我要稍晚到。在星巴克点杯咖啡坐着等我吧！我请客。*2"这样一来，对方的怒火应该会消减不少。

共鸣点 即使是思维方式完全不一样的两个人，也肯定会有能产生共鸣之处。拥有这样的想法就能找到"传达到位的措辞说法"。详情请参考第 51 页传达秘诀③"共鸣图"。

*1 共鸣点 1 是"哪怕一分钟都行"的热切期盼。

*2 共鸣点 2 是"点杯咖啡坐着等我，我请客"自掏腰包的诚意。

当想要讨好上司的时候，与其说"科长您太厉害了！"，不如说：

"最近学习科长做事的人又多了不少呢，您真是大家的榜样。*3"科长听了心里会很高兴。

就像这样，不要赤裸裸地直接表达心里所想，而是有意识地找准能让对方欣喜的"共鸣点"再说，就会意外地发现对方很容易动心。

其实只要明白这一点，做到"传达到位"并不难。

但是有人会说，即使明白了"共鸣点"的重要性，也不知道要如何找到。即使明白其中道理，然而世事更复杂，往往没想象的那么简单。相信很多人都会这么认为，也正因为如此，我才写了这本书。

说实话，我曾经也是不善言辞之人。之前我在公司任职文案的时候表现不好，我的上司曾三番五次地跟我说"你不太适合文案这份工作，不如辞职算了"。但后来经过无数次的失败和试错，**我总结出了"传达话术"的创作方法、使用方法以及思考方式，形成了一套"传达秘诀"。**

*3 共鸣点 3 是"学习科长做事的人又多了不少"这句新的"奉承话"。

早在 20 年前，我就开始不断思考这个问题，并经过多次公开演讲，最终学会了如何"传达到位"。这套秘诀的特点就是简单，无论谁都能快速理解掌握，在日常生活中可以立即学以致用。因其简单且应用广泛的特点，掌握之后能在工作、恋爱、政治主张等各个方面加以应用，都将取得较大成效。

改变语言，也许就能改变世界。

在英国的某电视广告片中，有位失明老人在街上乞讨，有人把他写在纸板上的行乞语句稍加修改，立即引来无数路人踊跃捐助。

仅仅是把纸板上的文字从"我是盲人，请帮助我"改成了"多么美好的一天，而我却看不见"。前者呈现的是司空见惯的文字表述，难以产生共鸣，而后者则更容易让读者产生"真的很可怜"的共鸣，愿意主动捐助。这就是语言的力量。即使是为了同一目的，只要改变说法就能改变传达效果。用这个方法来解决日常烦恼自不必说，即使有想要改善日本社会现状的想法，或者想推出改变

英国电视广告片 Purplefeather 拍摄的 "The Power of Words"，这正是讲述语言的力量的作品。

8

世界的新型服务，如果改变说法，也可以更容易让人接受。虽说有点夸大其词，但我确实是怀着一个"让世界变得更美好"的想法写完这本书的。**只要使用"传达秘诀"，就可以令沟通变得更顺畅。如此一来，正确的或重要的事情会变得更容易传达到位，人们积极地向前迈出一步，整个人生都会带来改变，随之世界也会发生改变。**这就是我在这本书里面想表达的想法。在这本书里，会看到很多有沟通烦恼的人物登场，然后他们通过"传达秘诀"解决了所有苦恼。在读这本书的过程中，自然就会明白"原来这类苦恼只要使用这个秘诀就可以解决"，而且能在日常沟通中应用自如。

接下来我们一起开启"传达到位"世界物语的大门吧！希望困扰您多年的"沟通困难"的魔咒能得以解除，每天都能享受"快乐沟通"带来的乐趣。

尽可能地避免语言的歧义。

尽可能地促成人与人之间的相互理解。

尽可能地消除争执。

文案

小西利行

【目录】

序章

故事发生在位于东京某商业街的一家经营了多年的小酒吧。

最近因为经济不景气，昼夜营业才能勉强维持。

店名叫"海豚"，是 30 年前老爷子给取的。

当年我建议换一个好听点的名字，还因此被老爷子臭骂了一顿。

我也很好奇为什么要取名"海豚"，但我至今也没问过原因。

我是这家酒吧的店长桃子，本名叫桃太郎。

老爷子希望我能成为一个勇敢的男人，给我取了此名。不过，说实话，这让我很困扰。

长大后我越发对老爷子的这份期待产生抵触情绪，最终混进了灯红酒绿的桃色世界，走进了新宿二丁目。

我在第一家店做了 10 年左右，之后辗转换过好几家店，在二丁目待了将近 15 个年头。

突然有一天接到电话说老爷子病倒了，要我回去，就这样我接手了这家店，坐上了妈妈桑的位置。

说来也奇怪，我回去后老爷子的病瞬间就好了，还一个人跑去南边的小岛度假去了。

虽说我继承了这家店，老爷子也可放心了，但最近客人越来越少，哪怕是客套话的"生意兴隆"都说不出口。平时晚上除了几个上了年纪的熟客光顾外，白天最多也就是几个零零散散的新顾客。

对于厌倦了二丁目的喧嚣繁华的我而言，算是找到了能让我静下心来的落脚地，但是照目前这个样子发展下去的话，估计撑不了多久就要陷入关门大吉的危机了。哦不……或者应该说已经陷入危机了，要不是那个闷热的夏天发生了那样一件事……

你问我究竟发生了什么？

这事说起来有点让人难以相信，突然有一天，有只海豚走进店来，看起来很傲娇的样子。

什么呀，怎么是这么冷清的一家店?
算了，不管那么多了，口渴死了，
先来杯盐水喝吧。
哈哈哈，啾啾。

第一章　传达到位的话术秘诀

对工作、恋爱都有帮助的"传达到位"话术的创作方法

不受欢迎的拿坡里意面为何仅用了一天就成为了人气商品?

苦恼者　海豚酒吧老板　桃子（35 岁）

　　这还不够吓人吗? 一只海豚突然自己打开门走了进来，谁看了都会吓一跳吧! 小家伙，你肯定是商会促销活动做的公仔吧。我知道隔壁街道新开的购物中心抢走了很多生意，会长正为此事着急上火呢! 你用我们家的店名倒也不是不行，但其他店不会生气吗? 再说了，作

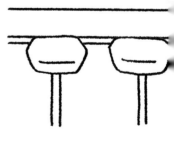

为拯救处于水深火热之中的商会的大绝招，选这样一个眼神不好的海豚也太没品位了吧！体形这么小，而且皮肤也太光滑了吧，太像真的了。一定又是寿司店的小源扮的吧，快让我们看看拉链头在哪儿。咦，怎么还滑溜溜的，没必要做得这么逼真吧？什么？是真的？怎么可能，如果是真的话，你们鱼类也太 666 了吧！什么？海豚是哺乳类？想不到你懂得还挺多的。算了，怎么样都行，重点是你为什么进了我们家的店？

海豚：因为我和人约定好了。

桃子：是吗，是和谁约在这儿见面吗？

海豚：不是……

桃子：算了，我对海豚的私事不太感兴趣。

海豚：话说，我的盐水还没好吗？

桃子：你这家伙，盐水是越喝越渴的！

海豚：可是我就是喜欢喝盐水呀。

桃子：你想喝就喝吧，呐，给你。

海豚：咕嘟咕嘟……啾啾，太好喝了。

桃子：嗯……看来是真的海豚，能喝盐水，还没有拉链。

海豚：被吓到了吗？

桃子：还好，毕竟在二丁目待久了什么没见过。要是进来一个外星人可能有点吓人，海豚的话，会有种莫名的亲切感。更不可思议的是，总感觉我们不是第一次见面……算了，不说这些了。话说回来，你为什么能说话？

海豚：因为我是海豚。

桃子：啊？这样才更奇怪吧，一般海豚是不会说话的吧？

海豚：平常只是没有当着你们人类的面说话而已，原本在沟通方面海豚就是更厉害的。

桃子：啊！这个我知道！你们有超能力。

海豚：……那是超声波好吧。

桃子：哎呀，都一样啦。你要是擅长沟通的话，我倒是有件事情想和你商量。

海豚：什么事？

桃子：我们这店没什么客人来。

海豚：客人？

桃子：嗯，我觉得一定是菜的问题。我最近刚接手这家店，反正客人评价说菜不好吃。你知道吗，我做的菜真的超级难吃。

海豚：哈哈哈，啾啾。那还真是致命性的硬伤。

桃子：但是我做的拿坡里意面却超好吃，你要试一下吗？

海豚：那……就来一份吧，多放点鱼贝类海鲜。

桃子：没问题，我给你多放点鱼肉香肠。

海豚：那个好像不是海鲜吧？

桃子：呃，不管怎么说，我做的拿坡里意面在二丁目也是相当受欢迎的，100个人里面有93个人都点这个。

海豚：数得还真仔细。

桃子：因为我真的数过。你说，要是大家都点拿坡里意面，我这家店是不是也可以逆袭成为一家大家都说好吃的店？所以，一开始我想在菜单里只写拿坡里意面。可是后来仔细一想，只有一道菜的话客人也不来呀。于是我便多写了几道菜上去，每当客人点菜的时候我都盯着他们看，心里默念，祈求他们"点拿坡里意面吧"。

海豚：最后结果怎么样？

桃子：大家都说我的眼神好吓人，而且偏偏都不点拿坡里意面。

海豚：味道评价如何？

桃子：他们说超级难吃。

海豚：哈哈哈，啾啾。先把你的菜单给我看看。

二丁目 指的是新宿二丁目，日本首屈一指的红灯街。有很多同志酒吧等，时常可以见到各种疯狂的行为。

桃子：给！就是这个。

海豚：哎呀，这也难怪，你这像鲻鱼一样的排版没人看得懂啊。哈哈哈！啾啾！

桃子：鲻鱼？

海豚：总之，你希望客人只点拿坡里意面，对吧？

桃子：是啊。

海豚：那么，你的这个想法**传达到位了吗**？

桃子：怎么突然摆出一副臭得意的脸，你到底想说什么？

海豚：先从最基本的说起吧。首先，你的菜单上写的都是"无用的文字"。

鲻鱼 属鲻亚目、鲻亚科，喜欢在海里漫无目的地群游。

桃子：无用？怎么说？

海豚："超好评"这个词平淡无奇，看了也不会感兴趣。经常看到这种说法"好吃到下巴掉下来"，既无聊又不真实。**这两个都是可有可无，有了还起到反效果的说法。这就是无用文字。**

桃子：……是感觉不太好。

海豚：因为**一般来说人们会直接无视没有价值的文字**，你是不是也在电车里见过很多广告，可是下车之后究竟又能记住几个呢？绝大多数人不会超过 3 个。这就说明人们会忽略无用的信息。

桃子：的确……好像都没记住。

海豚：能意识到"无用文字"的存在非常重要。只是想**尽量减少"无用文字"，写作水平便能大幅提升。**因为太多的"无用文字"只会让人觉得很啰嗦，不想继续看下去，即使勉强看了，也只会让人觉得混乱。

桃子：也许是吧，但是真正写起来就不知道怎么写、要

无用文字 实际上很多情况下大部分文字都是多余的。公司的资料、车站贴的海报等，随处可见一些没有用的文字，因为大家觉得不多写点什么心里不安，于是想要把空都填满。但是，效果往往适得其反。如果能意识到这一点，你的文字表达能力一定能提升不少。

得意！

写什么了。

海豚：是不是觉得所有文字都是有用的？

桃子：是的是的。

海豚：那就不要想得太复杂，**写出能让对方动心"啊 ~♡"的东西就行**。这样一来既能准确传达到位，又能免去无用的文字。

桃子：说起来简单，但做起来可就难了。

海豚：没有那么难。平时发手机邮件的时候你是不是特别纠结措辞，到底要怎么写对方才会惊喜，才会高兴？

桃子：没错……的确写邮件的时候会这样。

海豚：那就是文字创意的方法。

桃子：文字创意？

海豚：是的。**想象一下对方的样子，用平实的文字让对方产生"啊 ~♡"的感觉，这就是文字创意，完全不需要用难懂的文字。**

桃子：说实话，我不太明白……

人们往往会忽略无用的信息 眼睛看到的、耳朵听到的大量信息中，人们会忽略掉无用的信息，记住一些有用的或有趣的信息，也就是自己"需要"的东西。那些应该已经被看到但没被记住的电车广告只能说明里面的文字都不是必需的。

23

海豚：那就给你举个例子吧。这里有两封妻子发给丈夫的邮件，你觉得哪个内容更让人在意？

桃子：那明显是第二个啊，看到就有种"到底发生什么事了！"的感觉。

海豚：没错！即使是平时不会立即回复妻子邮件的丈夫看到这个内容，也会被惊到，赶紧看邮件。没有特别的词语、华丽的剧情设置，也没有什么新奇的照片，虽然只用了朴实的文字，却成功引起注意，忍不住想看里面的内容。这种能让对方"啊～♡"动心的就是文字创意。

桃子：原来如此，有点意思！但是，跟我的需求有什么关系吗？话说回来，那个邮件到底写的什么内容呀？

海豚：哈哈哈，啾啾。就当她写的是想出去旅游之类的内容吧。

桃子：这个……丈夫一定会很恼火吧。但也不一定，搞不好就松了一口气，就一起出去旅行了呢！但应该就在附近的地方转转而已吧，嗯，一定是。然后到了晚上，妻子调皮地说"看我怎么收拾你"，激情无限啊。

海豚：行了行了，就别在那里幻想了，还是回到你的拿坡里意面吧。

桃子：……遵命。

海豚：你做的拿坡里意面有什么特点吗？

桃子：其实也就是非常普通的拿坡里意面，只是用番茄酱炒的，说不上什么高级。还要考虑到店面维持经营费用，所以价格也不能很便宜。

海豚：原来如此。那么只需要考虑如何将极其普通的拿坡里意面变成人人必点的畅销菜品，答案非常简单。

桃子：这哪里简单？

海豚：不，很简单！将普通的拿坡里意面打造成特别的拿坡里意面就可以了。**相比普通的，人们更喜欢特别的。**

桃子：说到特别之处……和在二丁目的时候不同，我现在用的是非常便宜的鱼肉香肠，某种意义上也可以算作特别，呼呼呼～。

海豚：不是做法的问题，而是要通过文字创意让它变得特别。

桃子：怎么做？

海豚：限定！

桃子：什么呀，这么突然。

相比普通，人们更喜欢特别的。
特别的东西会有"限定"、"最新"、"独特"等各式各样的表现。而且，如果只是特别的东西越来越多，普通的东西也会变得特别，又或者，当普通的东西一直存续下来成为"经典"，就会因此而变得特别。

海豚：**传达秘诀①："限定"，是用文字创意打动人的方法之一**。通过限定文字能将"普通的东西"变成"想要的东西"。因为人就是这样，一经限定，就算是不怎么需要的东西也会变得特别想要，感到很特别。例如：相比"别具一格的牛肉饼"，"**每日限量 10 份，别具一格的牛肉饼**" 会更好。

通过限定数量营造出一种"也许很难吃到"的匮乏感，同时激发出"必须现在吃"的欲望。

桃子：欲望呀……

海豚：仅仅只是限量供应，也很有可能比普通的牛肉饼畅销。当然这不是作假，这还能让顾客为"吃到了特别的料理"而心生喜悦。

桃子：原来如此。语言文字可以有各种发挥啊！

海豚："限定"是传达秘诀的基础。

桃子：嗯。这个感觉挺有趣的，再多说一些吧。

传达秘诀① "限定"
限时限地限量限对象……一经限定，普通的东西就能变成大家想要的东西。还有一个方法可以不使用"仅仅""只有"等字眼，也能产生同样效果。

特意限定销售数量
这是为激发人们需求最见效的手法，但是最近也有很多店使用该做法强行打造成人气店铺，需要注意哦！

海豚： 没问题,再举其他例子看看。比如,相比"人气旅馆",

"**1 天只限 3 组客人入住的旅馆**"更能让人感觉这是

一家不错的旅馆,忍不住想住一晚试试吧?

再看看相比"特卖特卖","**特卖特卖,每人限购一瓶**"

让人感觉更划算,甚至认为不买就吃亏了。

再看看限定场所的例子,相比"刺身定食","只能

在这个码头才能吃到的刺身定食"更能激发"现在在这里吃"的动机。

除此之外，还有相比"我喜欢你"，"**我只说一次所以你听好了，我喜欢你**"，限定次数更能传达强烈的情感。因此，使用"限定"秘诀后，普通的对话也让人感觉特别，情感也更容易传达到位。此外，通过使用"限定"秘诀还能提升人的工作积极性。

例如：相比"希望你努力做好这项工作"，"**这项工作能拜托的只有你了，加油！**"更能让对方乐意接受工作并努力完成吧?

桃子：的确，连我都想撸起袖子干了。

海豚：另外还有不需要"仅仅"和"只有"字眼的例子。

例如下面这两个说法："富士山很美"不如"**从这个角度看到的富士山很美**"、"水果鸡尾酒"不如"**用老板家乡当季水果调制的鸡尾酒**"更有吸引力。

桃子：哇，听起来就好好喝的样子。要不我也尝试推出这个鸡尾酒？

海豚：**即便是一些广为人知的事物，通过限定人物、时间、地点就能变成"特别的东西"。**这样一来，想去看一下、想去尝尝之意便油然而生。尤其是"当季"这个词，日本人对它真的没有抵抗力。

桃子：是啊，一听到"当季"这个词就想现在马上品尝。

海豚：**因为特别的东西总能吸引人。**

桃子：限定太管用了……感觉稍微改变了一下用词，效果完全不一样了呢。

海豚：看起来一个很小的改变，沟通效果会大不相同。**用词的改变自然会带来思维方式的改变，随之说话方式或者答案也会发生改变，进而服务或者产品也会发生很大改变。可以说，尝试改变用词有**

可能改变一切。

桃子：是吗！以前我倒没怎么想过措辞用语的问题，也许
　　　真的很重要。但是，对于我来说可能有点困难……

海豚：别想得那么难，先尝试用一下"限定"的词语表现，
　　　只是加上"限定"的表现，就会变得比其他措辞
　　　表达更"特别"，更吸引人。

桃子：好吧，那我先想想如何给我们的菜名加上"限定"
　　　用语就好了。

海豚：先别急嘛，虽然"限定"很有效，但再多了解一
　　　下其他的方法再考虑也不迟。你这急躁的性格也
　　　很像鲻鱼，哈哈哈，啾啾！

桃子：那你倒是快说呀！

海豚：先别着急。在回答你之前，我要问你另外一个问题：
　　　如果今天大量采购的鱼没卖完，剩下来的鱼你会
　　　怎么卖出去？

桃子：什么呀！突然又来一个问题……卖剩下？要是鱼
　　　贝类的话，除了鱼肉香肠我一般不进别的啊。

海豚：那不是鱼贝类……算了，反正意思就是无论如何

要在今天之内卖出去的东西，怎么才能尽快销售出去。

桃子：不知道呀！

海豚：那我就先告诉你一个答案吧。

"这是今日推荐"

桃子：什么意思？"今日推荐"不是很常见吗?

海豚：没错，这是重点推销想卖出去的东西时使用的魔法话术。听到这句话，你是不是就想立刻下单了呢？当然了，推荐的也有很多好东西，大多都会推荐别具一格的菜品、本店拿手菜肴，但有时候商家是为了推销卖剩的东西或者利润较高的菜品而特意推荐，这也是事实。"今日推荐"这句话很能打动人，所以一定要好好地判断，不然会吃亏哦！

桃子：我就是这样……点菜的时候总是从"今日推荐"
里面选。

海豚：大部分人都这样，因为大家会盲目地相信文字。

桃子：不了解情况的话的确会吃亏呢！

海豚：凡事都要讲究方法，知道这一点的人做什么事都
会很顺利，不知道的人就会吃亏。文字运用也同样，
知道的和不知道的人之间会产生差距。

桃子：原来如此……我以前都不知道，要是早知道的话，
在二丁目的时候说不定可以混得更好。现在回想
起来，好像以前的妈妈桑也常骂我不会说话。

海豚：那也是正常的，因为大家都没怎么思考语言措辞
的问题，不知道会产生差距。

桃子：这个还是需要认真思考一下啊。回到正题，我究
竟要如何将"今日推荐"应用到我的店里呢？是
不是只是在菜单上写个"今日推荐"就行了？

海豚：哈哈哈，啾啾！那不行。如果每天的 "今日推荐"

都是拿坡里意面，那太假了，应该没什么效果。

桃子：那要怎么办？

海豚：不要直接说"今日推荐"，而是要让对方觉得这是发自内心的"今日推荐"，而且是用一句每天都能用的话。

桃子：你就别卖关子了，到底要怎么办？

海豚：答案就是……

桃子：答案是？

海豚：大家都选它！

桃子：好可怜……你的腮肿了吗？（日语发音相似）

海豚：海豚没有腮的好吗！

桃子：啊，原来没有？嘿嘿嘿。

海豚：无语了……这就是我要说的**传达秘诀②"大家都选它"**，让人动心的魔法话术之一就是"这个大家都有选哦"。要是大家都会选的，一定会觉得同样选那个会比较"放心"吧，利用的就是这个心理。

桃子：那要怎样才能让大家"放心"选择呢？

传达秘诀②"大家都选它" 当人们不知道该如何选择的时候，就会倾向选择大家都选的。因为如果是大家都选择的，可以放心"选"，说白了就是不想失败。

海豚：只要传达有被选择的意思即可。

桃子：就这样？

海豚：只是，因应不同的选择主体，有这三种方法：

Ⓐ 值得信赖的人都选它！

Ⓑ 周围的人都选它！

Ⓒ 世人都选它！

根据具体情况使用这三种方法里的一种，都能传达"真心推荐"的意思。

桃子：具体要怎么做？

海豚：就先拿Ⓐ"值得信赖的人都选它！"来说吧。"让全美泪奔的超感人电影"不如"**店长力荐！自己有史以来最感动的电影！**"更让人产生想要租碟看的欲望。

具有丰富观影经验的音像店老板"力荐"的作品，当然想要"租来看看"。书店店员推荐的书一般都想买来看一看，也是同样的心理。其实，大家熟知的"书店大赏"就是利用这一心理。为了提升书的销量，

书店大赏 不同于一般的文学作品奖，书店大赏是由书店店员投票决定。"全国各大书店店员最愿意销售的书籍"这一概念备受认同，广为流传，入选该奖项的书籍会很畅销。

35

特意设立了让书店专业人士评选的奖项。

其他类似的还有："本店推荐的十大红酒"不如**"红酒宅的田中先生精选十大红酒"**更能激发购买冲动吧。

现在的消费者不相信企业或者大商店说的话，而是更愿意相信一个"御宅"的话。

桃子：说得没错，信不信得过很大程度上取决于推荐人，如果是红酒宅精选的红酒，我也会感兴趣。

海豚：只要选对人，这个方法真的非常管用。接下来说一说⑧"周围的人都选它！"，这个在日常生活和工作中都用得上。

比如说："孩子他爸，我们也送孩子去上补习班吧"不如**"孩子他爸，我们也送孩子去上补习班吧，听说没去的只有我们家了"**更让人觉得应该赶快送孩子去补习班。

类似的还有："这款粉底是特别推荐款哦！"不如**"这款粉底是特别推荐款，兼职的女孩子都买这款"**

更能促进销售吧。

桃子：确实听起来不错啊。

海豚：人不喜欢跟别人不一样，否则会心感不安。所以，"大家都去或大家都有"这一信息能给人一种"我也这样就没问题了"的"安心感"，以及"不这样做就糟糕了"的"焦虑感"，这两大心理特别能打动人。

桃子：但我本来就与众不同，不喜欢跟别人一样。

海豚：首先脸就都长得很不一样。哈哈哈，啾啾。

桃子：你这家伙……

海豚：最后再跟你说说ⓒ"世人都选它！"。其实有很多人在不经意间都在用这个方法，比如说："怎么样？好吃吧？"不如**"怎么样？好吃吧？这可是COOKPAD上的最佳菜谱呢"**更好，因为后者能让吃的人也心生喜悦。

再比如：相比"这家店评价很不错，要不要去试一下？"，**"这家店评价很不错，点评网上有 4.2 分呢，要不要去试一下？"**这种说法更常听到吧？在选择

餐厅的时候，如果感觉自己的"推荐"不足以说服对方的话，就加上大家的意见作为背书。

另外还有用于商务场合的例子：

100 个人中有 90 个人回答说能让发质变柔顺的洗发水

20 多岁女性当中销量 No.1 的光润唇膏

1 周客流高达 100 万人次的购物中心

很多时候用数字和事实进行说明，可以引起关注。

桃子：像我这种人，一说是 No.1 我肯定就立马下手。

海豚：如今这个时代，谁都不想失败，因此人们会选择大家都选的东西。就算万一选错了也可以给自己一个台阶，因为那是大家的选择。

桃子：我倒是觉得不一定非得要跟大家一样。

海豚：可以理解，与众不同才能彰显个性，我认为这并不是坏事。但我想说的是，在这个时代大多数人喜欢跟大家保持"一致"。

桃子：也是，毕竟人和人是不一样的。不过这个方法确

No 1 信息点 如今这个时代，企业"信息"不如"事实"更能打动人。因此很多企业做的广告活动都在努力地传播"No 1""满意度 99%"等事实。

实厉害，但又总有一种上当受骗的感觉，心有不甘。我就经常被这种话骗上钩。

海豚：能有这种感觉也很重要，因为不欺骗是传达秘诀的根本所在。传达秘诀是一把双刃剑，如果滥用传达秘诀就会变成骗人的工具。而如果使用得当，可以让人心情愉悦。当然我们的宗旨是要尽可能地往正面的方向发展。

桃子：让人开心快乐自然是极好的。

海豚：为此，首先我们要确保将自己想要传达的东西传达到位。

桃子：传达到位……大家都知道吗？

海豚：还不知道，大部分人没有意识到这一点。所以大家都还是觉得自己喜欢的就直接说喜欢，讨厌就直接说讨厌，想让别人做的事情就要求别人做，有想要买的东西就死乞白赖地要求别人买。这些行为从沟通角度来说是犯了大错，**如果大家能意**

识到"传达到位"的重要性，凡事都会顺利很多。

桃子：说实话，我曾经也觉得最好是直接说出自己的想法，但现在看来如果那样的话，的确有很多时候传达不到位。现在回想起在二丁目的时候，就有很多时候都没有把自己的想法传达到位……对了，话说回来，到底要怎么做才能让客人都点我的拿坡里意面呢？

海豚：嗯，那就把我刚刚说的两个方法组合起来，这样写如何？

90% 的客人都点的传说中的拿坡里意面

限时复活！

桃子：明白了，原来是用"周围的人都选它！"和"限时"两个秘诀。

海豚：应该来店的人都会认为：既然 90% 的人都点了，

那我也要！

桃子：嗯，也许会吧……但是，真的可以说限时复活吗？

海豚：你把在二丁目那时的菜单真正做到限时复活不就行了吗？

桃子：那就用普通香肠。

海豚：对了，客人点单的时候你可以对他们抛个媚眼，他们一定会觉得很恶心，但这样反而能制造话题传播开来，增加客源。说了这么多，那极其普通的拿坡里意面还没做好吗？

桃子：啊……不好意思，多放点鱼肉香肠对吧，马上就给你做。

海豚：我明明说的是多放点鱼贝海鲜！

桃子：不过话说回来，海豚比我想象中的厉害多了，竟然知道这么多技巧。

海豚：哪是什么技巧，只是一些传达方法而已，还有很多其他方法呢。

桃子：那你就在这里多待一段时间，再教我一些东西，反正你也挺闲的吧?

海豚：……话倒是没错。

桃子：对了，你刚进来的时候说有约，难不成是和母海豚约会?

海豚：哈哈哈，啾啾。如果是那又怎样?

桃子：要真是这样，我要做个大水箱把你们装起来，招揽客人。

海豚：你这是低级趣味! 不过这个意面真的好吃，嗯，盐水也好喝。

桃子：原来海豚吃到好吃的东西也会闭眼的啊。咦? 那个表情好像在哪儿见过……等等，我们是不是真的在哪儿见过?

海豚：心理作用吧? 海豚都长得一样。

桃子：好吧……可能是我心理作用吧。

嗯~~
好喝。

限定是日本人的最爱。

两个颜值欠费的男生为何能与公司第一美女联谊成功？

苦恼者　工薪一族　山田敦（25岁）

"喂，啊，是前辈吗？上次跟你说的联谊，女生们说有事情不来了，不好意思啊。什么？再约一次？不行的话就让我一个人加班？不是吧，这不是欺负人吗？"啊，电话挂断了。他总是这么霸道，感觉自己弱爆了，哎！什么？"联谊的话，你可以替我去？"你去？不用了不用了，

桃子你要是去了，前辈非把我打残不可。我什么也没说，你当我自言自语好了。主要是我觉得前辈不是你喜欢的类型，他真的丑到无敌，堪称丑中之王。长成这样了还要我帮他约和我同期进公司的第一美女，你说他是不是太自不量力了。听说他已经事先打听好了那位美女最喜欢去的餐厅，提前把位子都预约好了，一听到没约成，便大发雷霆。也真是的，就不会先定下来再约餐厅吗？你说什么？让我找那只海豚商量下该怎么办？难道那不是一个摆设物品吗？哇，它居然在动，简直不可思议。只要请它吃一盘拿坡里意面就会告诉我解决办法？嗯，听起来还蛮有趣的，我请客。

阿敦：这个皮肤是用 CG（电脑特效）做的吗？

海豚：又不是视频，怎么可能用电脑 CG 做特效？

阿敦：咦，竟然还能说话，现在的特摄技术真是太牛了。

海豚：我们回到正题，你后来是怎么跟那个大美女说的？

阿敦：对了，差点把正事给忘了。我就问她："要不要参加联谊？"

海豚：还真直接啊。

阿敦：我当时想要强行突破，但没想到被秒拒了。

海豚：猜都猜得到。我想问你，你想约对方联谊的这个想法……

阿敦：怎么了？

海豚：**传达到位了吗？**

阿敦：我想应该传达到了吧，怎么了？

海豚：不，我不觉得。**你最多只是告诉她了，并没有传达到位。**

阿敦：啊？

海豚：首先，你觉得你为什么会被拒绝？

阿敦：不就是因为我太唐突了吗？我又没有提到我那颜值欠费的前辈……还是说因为我也长得太丑了吗？开玩笑啦。

海豚：的确长得很丑！像哈蟆鱼，哈哈哈，啾啾！

阿敦：海豚可爱是可爱，就是嘴太欠了。

海豚：但除了长得丑，还有其他被拒绝的理由，那就是你说话的时候没有替对方考虑！

阿敦：不，我考虑了很多的。

海豚：你自己瞎想出来的不能成为对方的想法，要站在对方的立场考虑才能得到答案。**因为，答案总是在对方。**确切来说，你只是把"想联谊"的想法告诉了对方，并没有思考该如何传达到位。

阿敦：传达到位？

海豚：没错，就是传达到位。**"告诉"和"传达到位"的结果截然不同。**比如说，对自己心仪的女孩子突然说"我喜欢你"，这样的告白就只是"告诉"。而如果你先让对方对你喜欢她的这份心意有共鸣，

蛤蟆鱼 又名鮟鱇鱼，主要生活在水深 30-500 米的深海海域。海豚之间都说"哈蟆鱼是海里长得最丑的鱼"。

47

并让对方逐渐对你产生好感才是"传达到位"。明白了吗?

阿敦：说实话，不太明白。

海豚：我想也是……我再给你举个例子吧，比如说，你的前辈要交代一项工作给你，下面哪个说法你比较容易接受?

是"**帮我把这个搞定**"，还是"**工作辛苦了，我有一项工作想拜托你**"?

阿敦：那当然选第二个，完全不一样嘛。

海豚：有什么不一样?

阿敦：感觉第二个说法考虑到了我的感受，也很放心把工作交给我。

海豚：仅仅是语言表达不一样而已对不对?

阿敦：是的，但是后者让人听着更舒服，听了高兴。

海豚：没错，"听了高兴"是"传达"的关键。**尽可能地说一些让对方高兴的话，你的想法才更容易传达。可以说"高兴"是"传达"的良好开端。**

来个难度大点的，第一次约女朋友去酒店，以下

"高兴"是"传达到位"的良好开端 自顾自说是没法真正将自己的想法传达给对方的。尤其是有求于人时，一定要先让对方听着高兴。只要这样思考，你的想法就可以顺利传达给对方。

48

哪种成功的可能性更高？

是"**亲爱的，我们去酒店吧**"，还是"**我在网上预约了一家五星好评的网红酒店，要不要去看看？听说他们的装修超可爱的**"？

阿敦：这当然也是第二个。第一个太直接了，会吓到对方。

海豚：说得没错。虽然第二个听起来有点啰嗦，但对于女生来说第二个会更乐意接受。这既有去酒店的好处，也能找到"去酒店"的借口。更难得的是，一想到男朋友这么愿意为自己花心思，也就不好意思拒绝了。

阿敦：说得有理，但从某种意义上来说，有点狡猾。

海豚：重点是不要过于直接地说出自己的想法，要考虑到她的感受。要让她听起来舒服、乐意，是她自己愿意去，而不是你强加的。这样才是将你的心意真正"传达"给她了。

阿敦：嗯，你说的我大概能懂，但我还是不知道这次我该怎么办才好。

海豚：那我说得再简单点。首先明确一点，你提出的联

谊已经被她拒绝过一次了，所以这次就跟约女朋友去酒店一样难度很大。因此，你必须充分地考虑对方的想法。

阿敦：这可太难了。

海豚：也没有那么难，只是需要考虑自己想要传达的内容与对方的期待重合的"共鸣点"。

阿敦：我要是会就不用找你商量了。

海豚：那就先从这张图开始吧。

共鸣图！

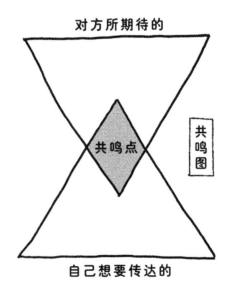

阿敦：共鸣……图？

海豚：没错，**传达秘诀③"共鸣图"**。按照这个方法首先将自己的想法和能想到的对方的想法分别填写在相应的框内，然后整理共鸣点，再从中找出传达到位的说法。

阿敦：图形看起来倒是蛮简单的。

海豚：用起来也很简单呀，你先在两个空白的地方填上内容看看。

阿敦：好的……确实能理顺很多，知道应该考虑什么问题了。我觉得这一招在工作上也能派上用场。

海豚：没错，工作中也用得上。

阿敦：真方便……图中间的共鸣点写"能去想去的餐厅"没错吧？

海豚：这样的话你想想，怎么样说才能将自己的想法传达给她呢？

阿敦：让我想想……"我预约了你之前说很想去的餐厅，要不要去联谊？"你觉得怎么样？

传达秘诀③"共鸣图" 使用这张图有助于人们在脑海里进行梳理，容易找到共鸣点。无论是个人想法整理还是企业战略思考，这都是一个非常好用的方法。

海豚：哈哈哈，某种意义上来说错是没错，但那位美女是肯定不会来的。

阿敦：为什么？

海豚：你也不想想对方可是一大美女诶，约会经验比你丰富，戒备心很强，也就是说，已经习惯于拒绝别人。而且说到底就是想联谊嘛，你那点小心思，人家一眼就能看出来。

阿敦：也有可能是这样……

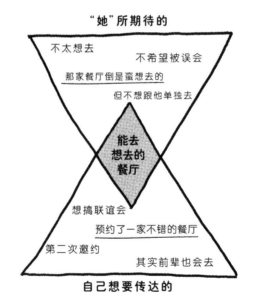

"她"所期待的

不太想去

不希望被误会

那家餐厅倒是蛮想去的

但不想跟他单独去

能去想去的餐厅

想搞联谊会

预约了一家不错的餐厅

第二次邀约

其实前辈也会去

自己想要传达的

共鸣图也可以运用到工作当中　"共鸣图"对市场营销和产品研发工作也非常有效。用于工作场合时，只须在图上半部分整理"社会需求"内容，在下半部分整理"企业能提供的内容"，然后找出中间交叉点（争论点）即可。在企业使用的情况下，该图可称为"争论点图"。

海豚：况且她跟你还是同期进公司的吧？这样一来，为了避嫌怕其他同事误会，她就更加不会轻易答应你了。

阿敦：嗨，我还以为她会欣然接受呢。

海豚：再深入思考一下，你就会发现这些细节。**大家都因为不愿意"深入思考"，才会屡遭失败。**

阿敦：那你说我到底该怎么写？

海豚：要是我的话，共鸣点我就写"能和朋友一起去想去的餐厅"。

阿敦：不就只是多了个"和朋友一起"嘛，有什么区别吗？

海豚：效果完全不一样。虽然看起来句子有点长，但要是我的话就这样跟她说："**我预约了你之前说很想去的餐厅，上次本来想邀请你赏脸一起吃个便饭，结果没去成。这次你可以叫朋友一起来呀，我也会带朋友过去。**"

阿敦：的确比刚刚的要好，没那么赤裸裸了，但这样她就会来吗？

海豚：大概会来。首先让她觉得这不是"联谊"，只是"去餐厅吃饭"，这一点非常重要，不过重要的还是后半句。

阿敦：后半句……你是说叫上朋友一起去吗？

海豚：没错！这是让对方动心的关键所在。**最重要的不是为对方考虑，而是站在对方的立场去考虑。**

阿敦：呃……

海豚：看你这反应好像还没听明白的样子。

站在对方的立场考虑　为对方考虑和站在对方的立场考虑的结果完全不一样。详情可参考 159 页传达秘诀⑮"角色代入"。

阿敦：是的，说实话我没太听明白。

海豚：好吧，那我就再给你说说吧。首先你约的美女她"不想两个人单独去"，她觉得那样很尴尬。如果是个帅哥也就算了，但这颜值……哈哈哈，啾啾。

阿敦：你说话还真是气人！

海豚：虽然她很想去不错的餐厅，但想避免与不喜欢的人有私交。怎么办才好呢？她正在发愁，这时候就需要……

阿敦：这时候需要？

海豚：**进退法**！

阿敦：进……去……法？

海豚：不对，是传达秘诀④"进退法"。当你有求于人时，**一开始先把要求的难度抬高，然后再把难度降下来，说出真正的要求，这样成功率会更高。**

阿敦：原来如此！

海豚：一般来说，对方不好意思一连拒绝两次，当你降低需求难度之后，对方会考虑接受你的要求。

传达秘诀④"进退法" 这是在对人提出请求、讨价还价时比较有效的方法。如果你觉得一开始就提出"真正的要求"会被拒绝的话，那么就只须先"抬高要求难度"再"降低要求难度"即可顺利通过。

阿敦：哦，原来是这样……

海豚：像刚刚的情况，先提高难度："有可能是两个人单独去……"，然后再降低难度："可以邀请一位朋友一起来"，你觉得结果会怎样？

阿敦：那她应该感觉心里轻松不少吧！

海豚：没错，对她而言算是吃了一颗"定心丸"。

阿敦：的确如此。

海豚：先提出苛刻的条件，再提出相对宽松的条件，这样心理上感觉可以接受。再加上如果你这边也带朋友去的话，还可以避免两个人相处的尴尬。

阿敦：总算是明白了。

海豚：然后如果那位美女也带一个朋友来的话，虽然没有明说联谊，但实际上不就是联谊了嘛！

阿敦：这招太厉害了！

海豚：怎么样，这就是"进退法"秘诀。

阿敦：虽然名字听起来有点给人轻浮的感觉，还蛮有深意的嘛……可以再具体说明一下吗？

海豚：没问题。比如说，妻子想让不愿做家务的丈夫打扫房间卫生，如果她说"把卧室打扫一下吧"，丈夫可能不愿意，那就换个说法试试看：

把卧室和浴室的卫生打扫一下？（←提高难度）

什么？不愿意？

那只搞卧室卫生总可以了吧。（←真正的要求）

这样一来，丈夫就不得不答应了。也就是说先提高要求难度，再说出真正的请求更容易达到目的。

阿敦：简直太有趣了！

海豚：从家务事到国际商务等各种场合，这个方法都很有效果。还有其他类似例子：

老公，带我去国外旅游吧！（←提高难度）

不行吗？

那温泉总可以吧？（←真正的要求）

真正的要求　　**降低**　　提高难度

在国际商务也很有效。 日本人向来不擅长讨价还价，就连在国外露天场所消费时，也常常迅速在砍价上败下阵来。虽然也有人认为这是日本人的美德，但我认为应该要思考如何正确传达自己的"要求"。同样地，无论是国际商务还是政治场合，如果能善于讨价还价，会更加得心应手。

蔬菜要全部吃完，不要剩菜。（←提高难度）

不愿意？

那就只把胡萝卜全部吃完吧。（←真正的要求）

明天之内把 100 页资料做完（←提高难度）

有点难？

那 10 页总可以吧？（←真正的要求）

阿敦：叫我做 100 页简直想哭啊。

海豚：这例子有点极端啦，哈哈哈，啾啾。

阿敦：话说回来，这个讨价还价太有趣了，我要找机会
实践一下。

海豚：你的实践反正也就是搭讪或者联谊吧？

阿敦：是的！

海豚：回答倒是挺干脆的。

阿敦：在公司同事们也这样夸我。

海豚：好吧。总之"进退法"比较简单，多练习几次就
能熟练掌握了。无论是哪种场合的沟通，重要的

是先不要急于将自己的想法过于直接地表达出来，而是要多斟酌一下"传达秘诀"，付诸实践。

阿敦： 嘿嘿嘿!

海豚： 看你这反应好像还没弄明白。也不要把它想得太复杂，一开始的时候多思考一下要是自己会怎么想就行了。

阿敦： 请问……这个"进退法"也可以用于处理公司的人际关系吗?

海豚： 可以，掌握了这套方法的人在求人办事时不会碰壁。当然了除此之外，还有其他的方法。

阿敦： 那你也顺便教教我其他方法吧。

海豚： 真贪心!

阿敦： 我还在为一件事发愁呢。

海豚： 什么事?

阿敦： 假设前辈为了让我加班，故意要我整理一大堆资料，而我想扔给后辈帮我做，我自己去参加联谊，这样我该怎么跟他说才好?

海豚： 欸，这么现实的假设!

阿敦：是的，因为要是这次联谊邀约不成功的话，想必会出现这样的情况。

海豚：虽然我觉得肯定不会失败，但还是顺便告诉你吧。首先，你平时给你的后辈委派工作都是怎么说的？

阿敦：让我想想啊……一般的资料整理归纳也不是多大的工作，所以我可能会说"不好意思，帮我整理下这份资料可以吗？"之类的吧！

海豚：要是别人这样跟你说，你会怎么想？

阿敦：那……是感觉有点不爽，但也没办法，只能答应。

海豚：那么他应该跟你想的一样。

阿敦：有可能，那如果使用"进退法"的话……

海豚：不，这时候不用这个，另外有一个更简单的求人办事的方法。

阿敦：是什么方法？

海豚：**奖励**！

阿敦：什么？

海豚：**传达秘诀⑤"奖励"，这是给对方一点好处的传**

传达秘诀⑤"奖励" 是通过给对方一些利益点，让对方想象一下美好瞬间，激发工作干劲的方法。有了高兴的事情，人们就会设法克服困难。此外，"不做的话就不能获得奖励"的话也同样有效。

60

达秘诀。要是能得到一些利益，对方会欣然行动。比如说，如果这样说你觉得怎么样？**下次我带你去吃好吃的，今天先帮我把资料整理一下好吗**？

阿敦：我是个标准的吃货，说不定我会动心。但是，我怀疑你真的会带我去吗？

海豚：那看看这个说法怎么样？**可以帮我把资料整理一下吗？整理完了你就可以 5 点提前下班了**。

阿敦：这个好，挺令人开心的，比较实际一点，比别人先下班回家有一种优越感。如果是这个奖励，应该会努力干！

海豚：是的，**奖励能让人克服厌恶的情绪**。就像人们常说的"考完试就可以尽情玩了""做完这个就去喝一杯"等，我觉得只要有"奖励"就有干劲。如果告诉对方有"奖励"，即使是难办的事情，对方也会帮忙努力应对。

阿敦：奖励……听起来挺简单的，可我怎么就没想到呢？

海豚：对方如果能真实地感受到对自己的好处会很开心，

并由此动心。"奖励"法的诀窍在于：站在对方立场，

尽可能地结合真实情况去思考让对方高兴的事情。

阿敦：跟我再多说一些吧。

海豚：那就再通过一些具体案例用用看。

"夫人，这条项链虽然有点贵，但是质量很好。"
这是常见的销售话术，但仅仅是这样的话，这位
夫人是不会买的。因为没有站在夫人的角度，考
虑给她实际的"奖励"。

例如，可以这样说："**夫人，这条项链虽然有点
贵，但在婚丧嫁娶各种场合都能用上，非常方便，
是件不可多得的宝贝。"** （←奖励）

这个时候的奖励就是告诉她"用途广泛"，一旦
可以感受到实际利益，因为价格高而犹豫不决的
那位夫人最终也会下定决心购买。

再看看其他例子："这款白色车不错吧？"如果
这样说，就缺乏推动人行动的力量，"**这款白色
车不错吧？以后换车的时候，二手车价格能卖个**

好价钱哦。"（←奖励）

这样听来感觉很划算，有了一股在背后推动的力量。同样，工作当中也用得上："部长，麻烦您看一下这份资料。"只是这样说，资料通常就被放在那儿积灰了。"**部长，麻烦您看一下这份资料。这里面有社长感兴趣的领域的内容。**"（←奖励）

这样的话，部长看这份资料的可能性会更高。对部长而言的奖励就是"可以跟社长讨论的话题"，这就是要站在对方立场考虑。

阿敦：确实如此……要是我们部长说不定也会看。

海豚：还有一个例子。某学校开设绘画课，教孩子们画画。尽管老师不时称赞"画得不错哦！"，但有些孩子还是只顾着玩，不好好画。后来，因为一个契机，大家都抢着要画画。

阿敦：什么契机？

海豚：学校特意留出画框来给孩子们挂画。

阿敦：原来如此，这是一个很棒的奖励办法。

海豚：是的，孩子们以为只要画得好就能放进画框里面展示，感到无比兴奋。能把画放在画框进行展示，对于孩子们来说是切身感受得到的奖励，积极性一下子就上来了。

阿敦：原来如此，太有趣了。

海豚：哟，越来越起劲了呢！那我就再多说一点吧。除了"奖励法"之外，还有个更好的办法激发积极性。

阿敦：哦？那是什么？

海豚：**游戏化**！

阿敦：我已经习惯你这大声说话故意唬人的作风了，是游戏……吗？

海豚：没错，**传达秘诀⑥"游戏化"**。举例跟你说吧：**高田和田中，你们俩帮我整理下这些资料，好吗？一人一半，谁先做完我就带他去我私人珍藏的餐厅吃大餐。**

阿敦：这就是竞争呀……虽然有点讨厌这种被套路的感

传达秘诀⑥"游戏化" 一旦引入竞争机制，为了能赢，人们通常会想出许多好点子。即使是一开始不太情愿参与的，后来也不知不觉地乐在其中。即使是一个普通的商品企划会，一旦变成企划比赛，一下子就能提高大家的参与欲望。详细请参考134页传达秘诀⑬"转变形象"。

觉，但真要是竞争的话，谁都不想输。

海豚：是的，**人们都想在竞争中胜出**，再老实的人一旦处于竞争环境也不甘认输。**而且有了竞争之后，大家做事不再是不情不愿，而是会积极地思考"取胜方法""改善办法"**。巧妙利用这一情绪变化的就是"游戏化"秘诀。例如：如果公司部门之间进行竞争，那每个部门的业绩都会有提升。

阿敦：原来如此。但是，本人要是知道是故意让他们竞争，会不会反感？我看到有些公司部门将员工的业绩贴在墙上，看到那个会很不舒服。

海豚：你说得有道理，太露骨的竞争反而会打击士气。这种情况只须设为"团队竞争"的方式，大家就变得积极起来，再加上巧妙运用"奖励"法就可以令大家干劲十足。

阿敦：哦……优胜组可以去夏威夷旅行！是像这种吗？

海豚：昭和年代气息好浓啊，求放过。哈哈哈，啾啾。最近也有公司开展活动策划大赛，胜出的团队可以用公司的经费"实现"他们的策划方案作为"奖励"。还有些公司用一些比较简单的方法，每次业绩提升，会给员工增加贴纸标签。你见过加油站或快餐店的工作人员胸前的徽章上贴的贴纸吗？那个就是。

阿敦：见过见过，原来那个是激励员工的方法呀。

海豚：对的，哪怕再不起眼的竞争，人们都不想输，都想比别人做得好一点，所以徽章也是源自这个想法吧。

阿敦：原来如此……我要好好想想，试试看。但首先，我要用刚刚学会的"进退法"把美女约到手。

海豚：没错，祝你成功。

阿敦：但是……我担心她知道我带去的朋友是那个颜值欠费的前辈后，会不会被吓到。

海豚：哈哈哈，啾啾。自己长一张蛤蟆鱼的脸还好意思说别人，但也说不好有的美女就是喜欢那样的丑男呢！

阿敦：都丑成那样了，不会有那样的事情发生吧?

海豚：世上不可思议的事情可多了去了。

阿敦：有道理，就像我这样找海豚支招，对我来说就够不可思议的了。

今日海豚语录

松了一口气就是良好的开端。

是什么让商业街上非法丢弃的垃圾一夜之间消失了？

苦恼者　商业街副会长　山田花子（43 岁）

　　我早就说过我不愿意干的，什么商会领导，没有任何好处。但是我们家那位说了"毕竟要顾及到人情关系"，然后我才接受的，没想到摊上这事儿。之前我都没听说过有什么非法丢弃垃圾的问题，说是土地所有者因一些问题纠纷一直搁置在那儿。这样一来，变成了一个垃圾场。

那可不仅仅是一般的小件垃圾，你知道吗？连大冰箱都有！要是里面放了尸体那还了得！哦，对了，立了告示牌可是完全不管用，我们考虑过安装摄像头，但又没有那么多经费。因为这是民事纠纷，警察和政府都不愿介入。真让人头疼！老公整天沉迷附近酒吧，为酒吧妹花了不少钱。啊！越说越气。我老公就是我们家的垃圾，我把他也扔出去算了。什么？跑题了？对不起啊，就是这么一个情况。听人说这儿有个叫海豚的，什么都能解决，你倒是快点介绍给我呀。什么？就是那个玩具？不是人的名字吗？哇噻，尾巴真的在动哦，看来是真的。

海豚：你这体型……

花子：怎么？

海豚：你是海豹的亲戚吗？

花子：啥？海豹？……你这海豚，到底在说什么？

海豚：长得像海豹也没什么不好意思的，哈哈哈，啾啾。

花子：谁不好意思了!

海豚：言归正传，为了制止非法丢弃垃圾行为，你在告示牌上写什么了？

海豚：好吧，先不跟你计较。告示牌上写的是"禁止乱扔垃圾，一旦被发现罚款 30 万日元"。

海豚：就这些？那肯定不管用啦。

花子：为什么呀？

海豚：因为他们是知法犯法，你说再多的违法、禁止什么的都没有用，他们只是想着只要不被发现就没事。所以千万不要小看对方，这一点很关键。

花子：也确实是没有什么效果。

海豚：我说得对吧。话说你不是希望能制止非法乱扔垃

海豹 栖息在北冰洋到热带海洋一带区域。成年海豹有的体重可达 3 吨，但即使是成年雄性海豹也一副呆萌可爱的样子。

圾现象吗？那么，你的想法……

花子：什么？

海豚：**传达到位了吗？**

花子：……海豚傲娇的招牌表情，我还是第一次见！

海豚：首先你应该做的是要认识到他们是"说了也不听"
　　　的一群人。

花子：好吧，可是如果是那样的话，我该怎么做才好？

海豚：这个时候……

花子：到底是什么呀？

海豚：**喜怒哀乐**！

花子：喜、怒、哀、乐？

海豚：没错，**传达秘诀⑦"喜怒哀乐"**。不要总是用道
　　　理说服对方，而是要结合对方心理变化，动之以
　　　情促使对方采取行动。

花子：听起来好难啊。

海豚：其实不然，**喜怒哀乐秘诀最基本的是"喜"，首**
　　　先考虑说什么能"让对方高兴"就行了。比如说，

传达秘诀⑦"喜怒哀乐" 传达秘诀中最基本的一个。这是前面说过的"答案在对方"的具体表现。利用对方讨厌或恐惧心理，可以非常强有力地驱使对方采取行动。

相比"请保持洗手间干净整洁"，"感谢您保持洗手间干净整洁"更让人愿意主动保持干净整洁。

花子：的确如此，会想着要保持干净卫生。

海豚：**要让对方高兴，最基本的就是感谢。当有人跟自己说"感谢"的时候，谁都会心情愉悦，积极行动。**

花子：也是，当别人对自己表示感谢时，总想着要做点什么才行。

海豚：这就是喜怒哀乐秘诀，除了表示感谢之外，还有其他的方法哦。例如：相比"准备中""**拼命火**

速准备中"更有画面感，也容易产生好感。

花子：就是经常在拉面店门口看到的那个牌子啊。

海豚："拼命"一词可以使人们想到工作人员努力工作的样子，产生想要积极回应他们的心理。因为这一定会让人不自觉地联想起以往电视剧的情节或自己的亲身体验。

花子：我想到了一部关于橄榄球的电视剧。

海豚："喜怒哀乐秘诀"关键在于利用脑海里的"回忆"或者"心理"。不过，也不能太过了。比如有些店员超大声地说"欢迎光临"，我觉得那个就有点过了。哈哈哈，啾啾。

花子：我平时怎么没注意到这个秘诀呢？其实还蛮常见的。

海豚：没错，只要你多关注一下，身边有很多这样的用法。像这样找到合适的措辞也是传达秘诀的练习之一。

花子：原来如此，那我也试试看。

海豚：好了，还是回到违法丢弃垃圾的话题。反正你的目的是让他们不乱丢垃圾，对吧？而你写的告示牌毫无效果。

花子：是的。

海豚：这种情况的话，从对方角度来说，表达感谢是没有什么用的，所以最好考虑让对方不那么舒服的方法。但话又说回来，仅仅规定禁止乱扔垃圾、又或者是罚款 30 万日元对他们都不起作用……

花子：所以，到底该怎么办才好？

海豚：把告示牌的内容改成能震慑对方的内容如何？

比如说：

花子：什么？鬼鲛组不就是那个黑帮吗……

海豚：没错，这样一来，他们在扔垃圾的时候是不是会
害怕？他们会担心"要是告示牌是真的就惨了"，
然后会犹豫要不要扔。**对于讲道理讲规则讲不通
的人，关键是要令其某种心理能瞬间"消停"。**

花子：……虽然听起来有点滑稽可笑，但说到鬼鲛组附近这一带无人不晓，这样写搞不好真的会因为害怕不敢乱扔垃圾了呢。原来如此，还有这一手。

海豚：虽说这个方法有点极端，但是不用尽所有办法是无法完全杜绝违法乱扔垃圾现象的。**对于好言相劝不管用的人，只能考虑用"非正常"的方式。**因为不这样的话，对方是听不进去的。

花子：太过于理所当然的话起不到震慑作用。

海豚：没错。人有多种复杂的情感，喜怒哀乐、恐惧、快乐、有常识、不合情理、厌恶感、罪恶感、好意、恶意、梦想、回忆等，都可以加以利用，尤其是在直截了当的方式不管用的时候。

花子：你说的这些大道理我都懂，但我到底要怎么做呢？

海豚：其实很简单，**在希望对方做什么事情的时候，多说一些"对方想要得到的东西"或者"令对方高兴的事情"；而反过来，不希望对方做什么事情的时候，多说一些让对方产生"恐惧"或者"厌恶"**

的事情即可。

花子：对方厌恶的事情……

海豚：比如说，如果你不希望孩子晚上外出的话，与其跟他讲道理说"晚上太危险了，别出去了"，还不如说"**黑的地方有鬼出没哦**"更有效果。

即使叫小孩子晚上不要出去玩，他们也还是忍不住要出去玩，所以巧妙使用他们害怕的"鬼怪"，可以令他们  不想外出。其实，我觉得"鬼"是为了保护小孩而流传至今的智慧结晶。

花子：原来是大人们为了让小孩远离危险，故意说有鬼……

海豚：因为小孩子总是不听话。

花子：我们家老公也不听话。

海豚：先不说那个，还有比小孩更难搞的。比如说让犯罪者停止犯罪的方法。

花子：是什么?

海豚：为了有效制止色狼行为，某路电车的沿线贴出了这样的海报："又一次成功抓获色狼，今后也请大家继续协助！"

这是充分揣摩了"色狼心理"而制作的一张海报。你看到的不是"色狼行为是犯罪！""拒绝色狼行为"等老套的文字，而是用了色狼从心里感到"恐惧"的字眼，例如"逮捕"对他们而言是最"恐怖"的。再者，"又"这个字让他们感觉"被抓的还不少"，还有"今后请大家继续协助"让他们觉得"周围的人都在帮忙"。可以说在这个海报里面"喜怒哀乐"运用得十分到位，有效地制止了色狼行为。

花子：仅仅是通过文字就真的能有效制止色狼行为，看来我以前太小看文字的力量了。

海豚：人都想远离恐惧，这种心理往往比讲道理、讲规矩更管用。只要巧妙运用这个心理，就能制止犯罪，世界会变得更加美好。

花子：太深奥了。

海豚：这套"喜怒哀乐"秘诀我以前跟佐佐木君讲过，他的传达技巧倒是提高了不少。

花子：那是谁？

海豚：算了，先不说他了，哈哈哈，啾啾！总之要记住站在对方立场，设想一下对方的想法和行为，这样的话你就知道要怎么说他才会这样做，或者怎么说才不会这样做，然后把这些内容用文字呈现出来，仅此而已。

花子：但我有个问题。

海豚：我知道你想说什么，你是不是怕鬼鲛组的人看到了找你麻烦？

佐佐木君 本名佐佐木圭一，广告文案，著有《伝え方が9割(别让成功卡在说话上)》一书(钻石出版社)。

花子：你怎么知道……看来海豚真的有超能力！

海豚：……是超声波好吧。

花子：哎呀，随便啦。说实话我还怕……

海豚：我知道你怕什么。你是怕出了问题你作为副会长要去跟鬼鲛组说明情况，所以你害怕不敢做，对吧？

花子：这还不是超能力吗？

海豚：沟通就是想象，要彻底代入到对方立场进行感受。我就是试着站在你的角度上考虑，知道你在想什么。

花子：原来是这么回事，吓死我了。

海豚：那我就帮你想一些其他的表述吧，嗯，也可以从道德层面考虑。在死了人的地方乱扔垃圾这种行为，恐怕一般人做不到。就算那些会做违法事情的人也不会越过这一道德底线。因为这不是一般

尝试彻底代入感受对方的情感 为对方考虑结果往往会变成为自己考虑。其实需要做的是换个角度，如果自己是对方的话会怎么想。详情请参考第159页传达秘诀⑮"角色代入"。

的大道理，而是人们内心深处的真情实感，具有更强的抑制作用。只是……

花子：只是什么？

海豚：不推荐利用死人来做文章。

花子：赞同。

海豚：当然这只是举一个例子，告诉你利用人们的喜怒哀乐、恐惧心理可以让人做什么，也可以让人不做什么。只要掌握该技巧，剩下的只要你发挥想象，想出一些好的点子就行了。

花子：但还没有找到制止非法乱扔垃圾的办法呢。

海豚：这个怎么样？

花子：什么呀？你拿笔出来干吗呢？

海豚：我告诉你做一个这个东西。

花子：鸟居？

海豚：没错，利用人们害怕"遭报应"的心理。这一招对日本人特别管用，实

81

际上已经有很多政府机关也在利用"鸟居"来遏制非法乱扔垃圾的问题。

花子：原来还有这一招。

海豚：除此之外，还有一些地方做一个大花坛，让大家不好扔垃圾。这一招就是利用"难为情"的心理，因为谁都不想破坏花草。

花子：这个主意也不错，我先跟神社那边沟通一下，让他们在现在的空地上立个鸟居，也要好好办个祓除仪式，免得我自己以后遭报应。

海豚：嗯，这个很重要。

花子：你的好点子真多，我可以再问你一个问题吗？

海豚：什么？

花子：我家老公好像有外遇了，可能和商业街里的酒吧女搞在一起了……你能帮我想想办法吗？

海豚：我对这种事情不感兴趣，你还是自己想办法吧。

花子：不要这么小气嘛。好吧，我自己想办法。嗯，让我想想……就是说要站在那个女的立场，想想她

各政府机关均在实施 为了遏制非法乱扔垃圾问题，很多政府机关、河流管理部门等都设置了迷你鸟居，没想到效果立竿见影，多地的非法乱扔垃圾现象得到了有效遏制。

最讨厌的事情，那我就：**牵着我老公的手在那个女的面前晃悠**！这个主意怎么样？

海豚：哈哈哈，啾啾。要是海豹的主意，那这个主意还不错。

花子：海豹是多余的！

海豚和桃子的咖啡时间

我总是被人甩，有没有不被甩的秘诀？

桃子：很多人听了你的事迹后寄来了咨询卡片。

海豚：搞得像电台咨询热线似的。

> 我又被甩了。其实挺多人约我的，可总是
> 见了一次面之后就再也不约我了。是不是
> 我在约会的时候只会一味地傻笑，对方觉
> 得我很无趣？还是因为我言听计从？总之，
> 我不想只见一次面就没下文了，有什么好
> 的秘诀可以让别人多约我吗？

桃子：我也有这种遭遇。

海豚：你不一样，你是一开始就不受欢迎。

桃子：真烦人。你倒是快说说解决问题的秘诀呀。

海豚：休息时间不要打扰我……

桃子：奖励你一个球怎么样，我特意从水族馆拿回来的。

海豚：呲呲呲……哈哈哈，哈哈哈，啾啾，真好玩。

桃子：该说秘诀了吧。

海豚：真拿你没办法，秘诀就是**"未完待续"**。

桃子：未完待续?

海豚：**传达秘诀⑧"未完待续"。**电视上不是也经常说"广
告之后更精彩"吗? 道理是一样的，不要一次把所
有想说的话都说完，要有所保留地让对方很想知道
接下来发生的事情，期待接下来的进展。

　　例如说："今天谢谢你了，我玩得很开心，下次有机
会再约! "这样的话一般不会再联系了。

　　但如果这样说就不一样了："**今天谢谢你了，我玩
得很开心，下次有机会再约! 对了，你知道我们公
司的女生都怎么评价你的吗? 她们都说你……算了，
还是下次再告诉你吧。"**

桃子：哎呀，是什么? 快说呀!

海豚：哈哈哈，啾啾。**就是故意先不告诉想要知道的部分，**

传达秘诀⑧"未完待续"　注意保持激发兴趣→回答这一
节奏，人是不会感到厌烦的。如果别人认为你说话"很无
趣"，那是因为你没有掌握好沟通节奏，只顾自说自话。
如果善于使用这一沟通技巧，无论是写方案还是书信，都
能提升内容趣味性哦。

别人才会想要继续听下去，这样沟通才能持续。这其实是让说话内容变得有趣的秘诀。不论你说多少话，只要掌握了"激发兴趣→回答"这一节奏就不会让人感到厌烦。再举些其他例子：

99％的秃顶都能治好？秘诀就在下一页→

前所未有，超低折扣！惊人低价低至→

部长，我想到了一个超乎想象的好主意，就是这个→

和他相遇的那一刻，发生了一件很奇妙的事情→

桃子：最后一句可以用于婚礼上的发言。

海豚：这个方法不仅能帮助你提高平时谈话的趣味性，对于网络广告或店铺宣传单制作也同样有效。

桃子：原来如此，那这位来信女粉丝到底该怎么做才好呢？

海豚：不要一次把所有的话都说完，留一些到下次约会的时候再说不就行了吗？例如可以说"下次我来订你喜欢的餐厅""希望下次见面的时候我们的关系能更进一步"，让对方更加期待下次见面。

桃子：原来如此，恋爱秘籍免费大放送啦!

海豚：现在我可以玩球了吗?

桃子：当然可以，你可以尽情享受。

海豚：哈哈哈，哈哈哈，啾啾!

第二章　传达到位的工作秘诀

产出令工作发生戏剧性变化并备受赞扬的好点子的方法。

人烟稀少的村庄为何突然游客蜂拥而至？

苦恼者　农场工人　竹野内隆三（58 岁）

　　这不是桃太郎吗？都长这么大了呀，还记得大叔吗？记不得了？那时候你还那么小，大概才 3 厘米高吧？开玩笑的，哈哈哈。今天碰巧有事来东京，所以就过来坐坐。你爹呢？什么？去南边岛旅游了？一点儿没变，你小的时候就带你去过。说起来，这家店的店名都是在当

时旅游的时候想到的呢，你知道吗？不知道？也是，那时候你还那么小。对了，大叔我今年当上旅游观光科科长啦，村长这次叫我来东京为村子做宣传。其实我已经去了趟观光厅，但没人搭理我。没办法，我就自己一个人登上了天空树（Tokyo Sky Tree），那真是太壮观了。我们村里要是有这样一个建筑，肯定不担心没有游客。不过，我们村肯定没戏，别说天空树了，什么树都不可能。哈哈哈。什么？坐在那儿的海豚有办法？它会耍杂技吗？不过我们村可没有水族馆哈！

海　豚：先声明我可不会什么杂技。

竹野内：是吗，我还挺想看的呢。这么说连杂技也没戏了，
　　　　哈哈哈。

海　豚：你的段子简直就是鲸鱼级的烂大粗。

竹野内：嗯？水我是不行，但牛皮倒是可以吹。哈哈哈。

海　豚：够了，受不了你了。跟我说说村子里的情况吧！

竹野内：嗯……村子里总共只有 40 个人，而且全都是老
　　　　头老太太。

海　豚：看来已经突破边际村落的下限了，交通状况如
　　　　何？

竹野内：一天有两班公交车，也没有便利店，没有邮局。
　　　　有的只是大山和农田，哈哈哈哈。

海　豚：这可不是什么值得高兴的事，如果一直这样下去，
　　　　这个村子可能真的要消失了。

竹野内：所以我才来东京，看看能不能推广一下旅游。

海　豚：那你们想把什么作为村里的观光资源呢？

竹野内：就是因为不知道，才来这里找人商量。

鲸鱼 属于鲸目哺乳类动物，长在头上方
的鼻孔呼吸时可以喷出海水，靠近它时
会被"噗嘁"的呼吸声吓到。鲸鱼的动
作也很粗鲁，但性格却很胆怯。

海　豚：这样怎么行，东京的政府机关可不帮你们想这些。想开发村落旅游的村镇多了去了，他们哪里管得过来。

竹野内：这我知道，但村里真的什么也没有啊。有的只是老头、老太太、大山和农田，只有这些，哈哈哈哈。

海　豚：原来如此，看来是病得不轻了。

竹野内：何止是病得不轻，简直就是在垂死边缘挣扎，半只脚都踏进棺材里了。有可能成为世界上最快消失的村落，要是再不做点什么的话，真的说不定哪天就没了。

海　豚：你这想做点什么的想法……

竹野内：嗯？

海　豚：**传达到位了吗**？

竹野内：……看来是没有传达到位，不知道该怎么传达，也不知道我该做些什么。

海　豚：我明白了，这样的话就先找出观光资源吧。你们村吃的东西怎么样？有什么特产水果吗？或者说

边际村落　因为人口过疏化等问题，日本很多村落里 65 岁以上的占到总人口的 50%，这个问题也不能一味地依赖政府，需要大家在认清事实的基础上，群策群力共同解决这一难题。

大米特别好吃?

竹野内：没有呀……

海　豚：那发掘一个新的特产怎么样?

竹野内：这个村委会一直在考虑，但一直没有头绪。

海　豚：什么都没想出来?

竹野内：嗯，什么都没想出来。

海　豚：好吧，那一定是"思考方法"不对。

竹野内：思考方法不对?

海　豚：对，**很多人想不到好的点子，多半是因为思考方法不对**。因为只是做装作认真思考的样子，但实际并没有真正地思考，所以不会想出好点子。

竹野内：说话太没礼貌了! 这可是事关我们村未来的大事，怎么可能是装作在思考? 我们很认真地思考过的好吗!

海　豚：那你们是怎么思考的?

竹野内：村干部聚在一起讨论要不要这样做、要不要那样做……

海　豚：是在很认真地商量讨论？

竹野内：对啊，很认真地商量讨论的。

海　豚：这样的话，是解决不了问题的。

竹野内：为什么？

海　豚：所谓的"思考"不是说"费脑子花时间"就可以，**而是要找出"到达目的地的方法"。**

竹野内：到达目的地……意思是说我们没有目的？

海　豚：非常遗憾地说的确如此。目的或者目标不明确，想再多也找不到正确的方法。

竹野内：确实目的不是很明确……

海　豚：想要到达目的地，首先需要做到：

　　　　Ⓐ　列出可用的事实情况

　　　　Ⓑ　明确目标人群

　　　　Ⓒ　明确目标

　　　　Ⓓ　按照ⒶⒷⒸ的顺序，找出到达目的地的方法。

竹野内：感觉像是在大学里上课。

海　豚：如果你真的想招揽观光游客，最好思考这些问题。

找出到达目的地的方法　思考就好比登山，如何才能到达目的地，登上山顶？需要思考正确的方法，找出上山路线、做足准备，不畏艰辛，努力向前。

竹野内：遵命，快接着说下去吧，老师。

海　豚：不要叫我老师。先从Ⓐ开始吧，先告诉我你们村的具体情况。

竹野内：总人口是 40 人，全是老年人，到处都是大山和河流，没有特产，水质清甜。好像以前有家很有名的荞麦面店，但现在已经没有了。

海　豚：其他的呢？

竹野内：其他再也没有了，哈哈哈哈。

海　豚：亏你还能这么有底气……好吧，那先这样吧。再看Ⓑ目标人群，你们希望吸引什么样的人来观光？

竹野内：说实话，只要肯来，什么样的人都行。

海　豚：那怎么能行，这样的话，到头来什么信息都没传达到，谁都不会来。

竹野内：那……就年轻人吧。

海　豚：什么样的年轻人？

竹野内：还要说什么样的啊……那年轻小情侣吧。

海　豚：什么样的情侣？喜欢吃？喜欢旅游？还是喜欢拍

不断提问 请参考第 201 页传达秘诀⑲"为什么"。不断地提出"为什么"，刨根问底才能找出课题和答案。

照？是大学生，还是上班族？年轻情侣也有很多种，具体是什么样的？

竹野内：能不能不要一次问我这么多问题？

海　豚：就是要这样不停地问为什么？什么样的？什么时候？怎么样做？才能想出好的点子。目标人群和目的越是具体，越容易想出好的点子。

竹野内：那干脆……让20多岁的年轻活力小情侣来吧。

海　豚：年轻活力小情侣……？！好吧，接着看ⓒ"明确目标"。

竹野内：好，好……

海　豚：我知道，说到目标你肯定会说"希望吸引很多人过来"，对吧？

竹野内：说对了！海豚果然有超能力。

海　豚：……是超声波好吧。哎呀，算了，随便啦。总之目标越具体越容易思考。所以……

竹野内：所以？

海　豚：**一个小目标！**

竹野内：啥？

传达秘诀⑨ "一个小目标" 大多数人在开始一件事前会设目标，但是大多都过于笼统，推进过程中没有明确的目标。如果用图和对白文字的形式把目标具体表现出来，那么所有人都能清晰地理解目标，想出更多的好主意。实际运用这个方法，相信工作进展会顺利得超乎想象。

海　豚：想要制定明确的目标就要用到**传达秘诀⑨"一个小目标"**。成功的关键在于，一开始就要确立明确的目标。确立目标时可以通过"图和对白文字"具体、清晰明了地表现出来。然后再考虑如何实现这"一个小目标"，这样就容易想出好的创意点子了。

竹野内：呀，这不是漫画里用的对话框吗?

海　豚：对，这正是这个秘诀的独到之处。

竹野内：那对话框是用来干吗的?

海　豚：想象一下这些人在说什么，然后把他们的对话写进去。这样一来，就可以从他们的角度设想一下

一个小目标

他们是为了什么来这里旅游的。

竹野内：他们的对话内容？比如说"景色真美""空气真好"
之类的吗？

海　豚：没错。但是只写这些，应该没有人会来吧？所以
要好好想想什么内容才能吸引人过来。

竹野内：我知道写过于普通的话是不管用的，但是我不
知道应该写什么，可以再给我一些提示吗？

海　豚：首先你要明确想要客人过来，就要做到人无我有。
要找出一些只有这里有、只能在这里才能体验得
到的"特别的东西"。这时候……

竹野内：什么？

海　豚：有和没有！

竹野内：你怎么总是说话这么大声，吓死我这个老头子了。
村子还没亡，我倒先亡了。快说吧，"有和没有"
到底是什么？

海　豚：传达秘诀⑩"有和没有"是在思考"特别的东西"
的时候使用的秘诀。因为人都是向往一些独特的、

传达秘诀⑩"有和没有"　通过"××东西别处也有，但是○○东西只有此处有"的对比来诉
求独特性。另外，这个句式的另外一个优势在于用对比的方法更易传达给对方。这是一个很
实用的秘诀。

特有的事物，大家会为只有此处有的东西慕名而来，为只能在此地买到的东西而争先恐后地抢购。这个秘诀就是通过"×× **东西别处也有，但是○○只有此处有**"的对比，找出"**特别的东西**"。

竹野内：这不就是普通的思考方式吗?

海 豚：这可不普通，要真正找出人无我有的东西可没有那么简单。没有意识到这一点的话，很容易就做出"其他地方也有"的东西。例如，日本有很多如出一辙的观光设施或观光景点就是这个原因，很难吸引游客。

竹野内：话倒是没错。

海 豚：重点是和"其他商品""其他公司""其他地方"以及"其他人"做对比，找出"别人没有而我有的特殊价值"。

竹野内：关于这一点可以再多说一点吗？我还是不知道该怎么办才好。

别人没有而我有的特殊价值　找出别人没有我有的价值，可以成为一个强大的商业武器。通过和他人对比，找出自己的"卖点"在求职找工作等情况也能发挥作用。

海　豚：没问题。**首先写出常见的东西或理所当然的事情，再把其中某一处替换成"只有这里才有的东西"就好了。**

比如说"用刚捕捞的鱼做的寿司在其他店也可以吃到"，但是用"**刚切的'肉'做的寿司就只有这儿有**"。这样想的话，是不是营造了一种特别的感觉？

类似的还有"**用刚摘的水果做的寿司只有这儿有**"。

竹野内：原来是这样，我也想到了，可以跟新鲜反着来："**用干鱼片做的寿司只有这儿有**"怎么样？哈哈哈哈。

海　豚：挺好的。别人没有我有，通过对比想出来的创意点子容易引发话题。

再举些例子来说："能吃到好吃的意面的意大利餐厅有很多"，但是，"**能吃到好吃的拉面的意大利餐厅只有这一家**"。

竹野内：意大利餐厅里的拉面……听着都流口水了。

海　豚：对吧，喜欢做拉面的意大利主厨也不是不可能的。

总之呢，先列出"有的东西"，再从中找出"别人没有的东西"就行了。

竹野内：看来要找出此处仅有的东西也挺容易的嘛。

海　豚：对啊，**当要思考某个事情的时候，如果只是一味地想那一件事情就会很难，但是如果通过对比，你会发现很容易想到好的点子。**

这个方法在找工作的时候同样能派上用场，比如说想找 IT 行业的工作的话，"精通 IT 的学生有很多"，但是"**精通 IT 和农业的学生只有我**"。

给自己加上与 IT 不相干的附加价值，显示出其他学生所没有的强项。

竹野内：的确……精通 IT 又懂农业的学生让人颇感兴趣。

海　豚：对吧，**通过对比，就能体现出特别价值。注意不能只思考当地或当事人的擅长领域，否则容易在**

其他学生没有的强项　即使现在没有自己的强项，可以确定一个自己的强项，然后为了实现这个优势努力学习。

别处也出现类似价值，这样就太可惜了。

竹野内：原来如此，那把我们村和东京做比较，怎么样？

海　豚：非常好，能把东京的人吸引过来的东西是什么呢……吃的东西如何，比如说荞麦面？

竹野内：要复活荞麦面吗？

海　豚：东京的吃货们吃腻了高级荞麦面店，他们想找一些谁都没有去过的店。为了体验别人不曾体验过的东西，即使来到这偏远的农村也是非常乐意的。但要注意，好吃的荞麦面东京到处都有，什么样的荞麦面才是此处仅有的呢？

竹野内：这里的水很甘甜，用甘甜的水做的荞麦面怎么样？

海　豚：那就先放到一个小目标的对话框里吧。

竹野内：嗯，放进去后发现光这一点还不够。

海　豚：目前看来的确还难以让人动心，再想一些更具体的、让人惊喜的点。

竹野内：此处仅有的东西……啊！我想起来了，我们村山上的野菜超级好吃，只有这儿才有。因为平时总是在吃，都把它给忘了。

海　豚：野菜……这个不错呀！多亏你想起来了！

竹野内：嘿嘿嘿，第一次被你夸。

海　豚：说到野菜，我想起了在京都大山里有一家名为"摘草料理"的旅馆，以山间野菜闻名。从京都市区开车过去都要一个多小时，每年预约都爆满。

竹野内：你这么说我就有信心了。

海　豚：话说，野菜只有春秋季节才有吗?

但是东京的水没有这干净啊

东京也有很多好吃的荞麦面啊

摘草料理 美山庄是京都市左京区花背之里的一家料理店，因摘草料理而出名。以当季花草、野菜为主的料理吸引了无数的名人前往。

104

竹野内： 每个季节都有不同的野菜，而且野菜都是现摘的，非常新鲜美味，在东京肯定吃不到。

海 豚： 新鲜的鱼不稀奇，可是新鲜的野菜就非常难得了。太好了，就用超新鲜的野菜做的荞麦面作为本地名产吧。

竹野内： 会有人来吗?

海 豚： 现在这个社会，比起高级食材，人们更喜欢乡间野菜之类的，也更有话题性。但是，单靠这一点还不够。

竹野内：还需要做什么吗？

海　豚：只有这些还不足以形成话题，要制造人们愿意谈论的噱头。

竹野内：噱头？是怎么一回事？

海　豚：就比如说即使是一件好事，解释得过于复杂就很难传播。**在如今这个时代环境，想要形成话题，要做到口口相传才行。因此，为了能更容易传达趣味性，需要用一篇13个字左右的简短文章"制造噱头"。**

竹野内：话题噱头的话……我只想到了山里的野菜。我们村真的啥也没有，东京人看了一定会吓一跳。

海　豚：什么都没有，东京人看了会吓一跳……说得真好。

竹野内：我可什么都没说。

海　豚：明明说了，好吧！就把什么都没有当成卖点吧。

竹野内：这话怎么说？

海　豚：没有手机信号，没有便利店，路上没有车，也没有红绿灯，将这些个"极度不方便"变成卖点。

制造噱头　如今是"共享时代"，便于传播的有趣话题才受欢迎。因此把想要传达的东西转换成简短有趣的话题噱头，才能传播开来。

13个字也是雅虎热门话题的字数，是方便人们分享的恰到好处的字数。

竹野内：这不会起反作用吗？会更加恶化我们村的形象。

海　豚：不会，远离流行和商业化操作的村庄才能保留自然状态，才能吃上正宗的野菜和荞麦面，这就是"只有此地才有的价值"。

竹野内：真的是这样吗？

海　豚：**凡事都会否极泰来。**

竹野内：否极泰来？

海　豚：没错，你知道意大利的奇维塔迪巴尼奥雷焦（天空之城）吗？

竹野内：这个我知道，不就是那个喜欢吃关东煮的家伙嘛！

海　豚：那是豆丁太（与奇维塔发音相似）好吧。奇维塔是意大利的一个村庄，原住民不到 20 人，并且都是老年人。在打出"垂亡之城"的旗号之后，游客纷纷表示"想去看看"，如今村里新开了很多餐饮店和旅馆。

竹野内：还有这样的村庄……涨知识了。

奇维塔迪巴尼奥雷焦古城（Civita di Bagnoregio）只靠一条狭窄长桥与外界相连；以前根本没有人来村里旅游，村里的年轻人也都离开了村庄。但如今恢复了活力，年轻人也都逐渐回归。

海　豚：你们村也只有老人、大山和农田，连信号都没有。但这些对东京人来说，正是可望而不可即的东西。尤其是如今这个时代，什么都没有的时间和场所是最难得的，再也找不出第二个"一无所有"的地方了。

竹野内：原来是这么一回事。

海　豚：就是这么一回事。将一无所有作为卖点，在信息泛滥的时代可能是最有效的"有和没有"秘诀运用。

竹野内：那我到底该怎么做呢？

海　豚：打造一个日本版的"垂亡之城"，再用"新鲜采摘的野菜做成野菜荞麦面的饮食之旅"为观光亮点怎么样？这里没有信号，当然也没有便利店，在这只有大自然的地方可以亲自采摘最新鲜的野菜，并现场做荞麦面吃。这些对生活在大城市里的人来说是一种奢侈吧！趁现在，赶紧去"垂亡之城"吧！一定很有吸引力。

"一无所有"是种独特的体验　"什么都有"那是便利店，但"什么都没有"只能在乡间才能体验到。如今这个社会，只是关闭手机都算得上是一种特别体验了吧。

竹野内：但我担心这样能宣传开来吗？在电视上打广告岂不是更好？

海　豚：你们没预算吧？

竹野内：那倒也是。

海　豚：没关系，你也不用担心，如今这个时代，只要有一个有趣的话题噱头，其影响力不亚于电视广告。比方说，**在推特上的一个话题被100人转发，然后只要经过3次转发传播，就有了100万的到达率**，这不就是电视广告的传播级别了吗？

竹野内：如今已经是这样一个时代啦，又涨知识了。

海　豚：对，最重要的是开始的"1"，有趣的东西会瞬间传播开来；无趣的话就是"0"，丝毫不能传播。所以，这个话题点非常重要，要好好想想。这次提出的"垂亡之村的超新鲜野菜荞麦面"应该没问题的，为保险起见，也可以限制车辆驶入村内。

竹野内：要是那样的话，自驾一族不是不来了吗？

海　豚：这不会。如果道路两边停满了车的话，就没有"垂

$$1 \times 100 \times 100 \times 100 = 1000000!$$

亡之村"的感觉了，要做就要做得彻底一点。

竹野内：原来是这么一回事。

海　豚：你可以写成一份企划书拿到旅行社或东京的学校
　　　　去宣传，因为很多家长都想让自己的孩子去大自
　　　　然体验一下。

竹野内：什么是企划书?

海　豚：也就是说将刚才说的东西清晰易懂地传达给别人
　　　　的书面资料。

竹野内：完全不明白你在说什么……

海　豚：算了，我帮你写吧，真不让人省心。

竹野内：我就知道你会帮我，嘿嘿嘿。

海　豚：没想到你这人还真难缠。

竹野内：如果村庄真的得救，我会帮你立个铜像，还会给你
　　　　建一个水族馆，到时候你可得给大伙儿表演杂技
　　　　哟。哈哈哈，啾啾。

海　豚：不许你发出啾啾的声音!

今日海豚语录

有时候"没有"比"有"强。

菜鸟员工想出来的点子
为何突然得到表扬了？

苦恼者　那个颜值欠费的前辈　　仲田大之介（28岁）

　　终于见到你了。上次联谊的时候见着你了，但没能跟你说上话。从阿敦那儿听了很多关于你的事情，我对你很感兴趣。阿敦是谁？就是之前来找你商量联谊的事的那个家伙呀，他就是阿敦。长得很丑是吧，吼吼吼。我

是谁？我叫仲田大之介，是那个家伙尊敬的前辈。没错，多亏了你，我和美女进展神速。他们都说我们是天生一对，真烦人。可不是吗，公司好多女同事听说我要结婚了正在懊悔呢，吼吼吼。走，我请你去别的地方吃午饭怎么样？寿司如何？为什么？其实我有事情想找你商量。别看我这样一副职场精英的样子，但其实我的部长很固执，我提的方案他不采纳。所以我特意从百忙当中抽空来找你，就是想让你告诉我如何才能让上司采纳我的意见。事后必有重谢，海豚不是喜欢吃墨鱼吗？先给你来一份墨鱼拿坡里意面怎么样？

海　豚：墨鱼……

大之介：对，意面里放墨鱼，怎么样，海豚喜欢吧？

海　豚：……算了，先说你的事吧，六斑刺鲀君！

大之介：嗯？六斑刺鲀？什么意思？是说我身上有刺，
　　　　是个危险的男人吗？……凡是接近我的人都会受
　　　　伤，是吗？

海　豚：我说的不是这个意思。

大之介：那我这个危险男人就来给你说道说道吧。首先
　　　　我们公司是医疗商社，我们的客户想要建一座新
　　　　医院，让我们给出一些概念性的方案。为了准备
　　　　提案，大家想了好多创意点子，我也想到一个超
　　　　棒的概念。

海　豚：是什么？

大之介："美丽＆全新＆动感"的医院，是不是超有型！

海　豚：神马玩意儿？

大之介：别客气，尽管夸我吧。

海　豚：哪里看出来有概念了？

六斑刺鲀 广泛分布于世界各地海域中，虽然不像河
豚那样有毒，但一旦接近它，它会鼓起身体，竖起刺，
非常危险。偷偷告诉你，六斑刺鲀全身上下最多不超
过 350 根刺，却说自己有 1000 根，死要面子。

大之介：没明白吗？一个医院可以做到"美丽＆全新"，这还不是划时代的创举吗？

海　豚：真搞不明白你们公司的司花到底看上你哪儿了？

大之介：全部。

海　豚：……懒得和你说。有一点我要告诉你，你想的这个不是概念，只是文字游戏而已。

大之介：概念不都是这样吗？我们公司的企划方案基本上都有这样的英文字眼。

海　豚：真替你们公司的未来担忧。

大之介：有什么问题吗？

海　豚：问题大了，首先**概念不是"文字游戏"，而是一幅设计图**。明白吗？

大之介：完全听不懂你在说什么。

海　豚：我想也是。**所谓的概念就是一幅带有目的和方法论的设计图。只要稍加说明，所有参与项目的人员都知道工作的目的是什么、自己该干什么，这才叫概念。**你说的什么全新呀美丽呀，人家看了

概念 很多人以为只要找一些深奥华丽的辞藻拼凑在一起就是概念，这就大错特错了。概念是应该用尽可能简单、简洁的语言表达出来的。概念不需要重新解释，反之它可以让人发挥更多想象。

也不知道该干什么，不是吗？

大之介：但是话又说回来，概念这种东西有或没有都没
什么影响，选一些华丽的词不是更好吗？

海　豚：很多人都这样想，这是大错特错的。有了概念，
工作效率惊人，进展顺利。一张设计图在手，大
家都不愁。

大之介：呃，有这么神奇吗？

海　豚：就是这么神奇。话说，你到底想在那个新的医院
做什么？

大之介：做一些全新的、美丽的事情。

海　豚：那么，你的这个想法……

大之介：嗯？

海　豚：**传达到位了吗？**

大之介：应该传达到位了吧。

海　豚：跟你说话真费劲，一点也不诚实。话说回来，这
项工作的目标对象到底是谁？

大之介：这还用说吗？就是我们的部长呀。

海　豚：那个只是你在公司内部工作的汇报对象，我可告
　　　　诉你，今后这个社会，**"市场价值"**将远远大于
　　　　"公司内部价值"。**与其耍小聪明得到公司上司
　　　　的称赞，不如做一些实事获得社会认同更具发展
　　　　空间**。你不觉得吗？

大之介：说得真好。

海　豚：你要是真这么认为的话，就多考虑为社会做点什
　　　　么吧，不是仅为了公司。

大之介：嗯，明白了。

海　豚：那么，你希望什么样的人光顾你打造的全新
　　　　医院？

大之介：到底谁会来呢？

海　豚：说得事不关己似的。

大之介：不是啊，我有认真思考到底谁会来的。这种事情
　　　　一般来说海豚不是应该知道吗？

海　豚：那是，想一下就知道了。

大之介：好厉害啊，海豚真不愧是沟通达人。

"市场价值"大于"公司内部价值"　在公司待得久了，往往容易倾向于重视公司和上司的关系。
但是不要忘了，按照社会上的通用基准工作本身才是最重要的。

海　豚：你夸得这么直接，我都有点不好意思了。

大之介：我小时候看的漫画里就有海豚征服人类的图画，看来那是真的。

海　豚：我们是不会干那样的事的……没想到你这么天真。不说那么多了，我就好人做到底，告诉你如何打造概念吧，首先这次的主题是"医院"，但不能光从这里下手。

大之介：那要怎么样才行？

海　豚：**加入全新的**！

大之介：说话真大声！

海　豚：**传达秘诀⑪"加入全新的"**，是一个能让思考变简单 100 倍的革命性方法。用起来也非常简单，在前面加上"全新的"就行。你要思考"全新的医院是怎么样的"。

大之介：原来是这样啊，只需要加上"新"就可以了吗？

海　豚：没错，只要做到这一点就比较容易想出令其焕然一新的好点子。比如说，全新的约会、全新的说

传达秘诀⑪"加入全新的" 通过在主题前面加上"全新"，打造简单的思考方法的规则。可参考 187 页传达秘诀⑰"强行规则"，有了规则之后更容易思考，"加入全新的"就是最简单的方法。

辞、全新的巧克力、全新的车、全新的啤酒、全新的便利性、全新的安全感。只是在这些词前面加上"全新"就会产生一种截然不同的"全新价值"，也比较容易想出新的点子。

大之介：这样确实容易一些……有意思。

海　豚：只要掌握了思考方法，谁都能想到好点子。这样的话，思考创意点子就会变得很有趣。

大之介：要是那样的话就太好啦。

海　豚："加入全新的"这一秘诀看起来虽然简单，但在思考什么东西的时候真的很有效。给你举个例子，比如你的上司让你以环保为主题写一份报告，你是不是不知该如何下手？

大之介：嗯，的确是的。

海　豚：但是如果以"新型环保"为主题是不是容易些？你可以拿"以前的环保"和"新型环保"做对比，对今后的环保做一些建设性思考，这样不就更容易想出好的方案了吗？

思考契机 只是说"快想一想"，对方也不知道该从何处下手，但如果一开始就明确告知对方"从这方面思考一下"就会变得容易了。不论是在公司、家庭还是在学校，营造一个思考契机，大家会更容易思考。

大之介：噢，原来如此。

海　豚：再比如说"老龄化社会"也是一个不好写的主题，如果变成"新的老龄化社会"就容易一些。再比如说考虑"家庭旅行"的时候迟迟想不出好的点子，而如果围绕"新形式家庭旅行"开家庭会议进行讨论，一定会有很多有趣的点子。

大之介：的确，听起来就挺有趣的。

海　豚：**当思考一件事情的时候，在思考它的具体内容之前，应该先想想如何思考。**在熟练掌握这套方法后，可以升级尝试"划时代的 ××""世界第一的 ××"。

大之介：嗯，划时代的医院，会是什么样的呢?

海　豚：很好，就是这样，思考是好概念的出发点，循序渐进就能打造出好的概念……不过，你应该还不行。

大之介：自带危险魅力、宇宙第一优秀的我一定没问题。

海　豚：……你还真的很危险。看你也想不出来，还是让

重要的是如何思考 只要掌握了方法，人人都能想出有趣的点子。大家往往喜欢讨论"思考什么"，其实"如何思考"更重要。

我告诉你吧，这个时候……

大之介：这个时候？

海　豚：**灵感制造机**！

大之介：快亲比目鱼（和灵感制造机谐音）?!

海　豚：我讨厌比目鱼。我说的是**传达秘诀⑫"灵感制造机"**，能让好点子如雨后春笋般冒出来的万能好点子公式。工作方面自不必说，其他任何情况都能派上用场。

大之介：好点子？

海　豚：没错，好点子。概念首先得是一个好的点子，比如说如果"新的医院"的概念是"干净的医院"的话，就会显得毫无新意，没有吸引力。概念就是能让人眼前一亮，瞬间产生兴趣的东西，不能让人感觉"看起来很不错"的点子就不算是概念。

大之介：又涨知识了。

海　豚：这个就是创造好点子公式！

　　　　"新＋主题"×"目标人群喜欢的说法"＝"好点子"

传达秘诀⑫ "灵感制造机" 很多人在思考好点子的时候都感到非常困惑。其实有一个非常简单的方法，那就是"灵感制造机"。它不仅能用在工作方面，就连给女朋友送礼物、策划派对时都用得上。使用方法也很简单，只要想想新的礼物 × 她喜欢的东西＝？就行。

121

大之介：感觉有点像游戏机……把对应的词换一换就行
了吗?

海　豚：没错，有了这个就能轻松地创作好点子了。比如
以"新医院"为主题，目标人群是"小孩"的话，
配上"小孩喜欢的说法"那就是：

新医院　×　点心　＝　点心医院

新医院　×　好玩　＝　好玩的医院

新医院　×　喜欢游戏　＝　游戏中心医院

其他还可以有"铁路医院""漫画医院""回转
寿司医院"等。通过发散思维，就能想出具有划

时代意义医院的好点子了。

大之介：这个……就是概念吗？

海　豚：对。简单易懂又有趣吧？概念就是要简单，能想象出具体的东西，人人都能听懂是概念的大前提。

大之介：我以为要用一些有难度的词才显得有文化呢。

海　豚：**有难度的是笨蛋，简单的才是天才**。这样想就对了。

大之介：完全相反啊？

海　豚：能想出最简单的好点子来的人才是最聪明的人。

大之介：那我不就是这样的人吗？

海　豚：……你要这样想没人拦着你。总之就是先用刚才说的"灵感制造机"多想出几个概念，再从中选几个可以实际操作的就行了，明白了吗？

大之介：基本上……明白了。

海　豚：那如果把目标人群换成像你一样的年轻人，会怎么样呢？

有难度的是笨蛋，简单的才是天才。 世上的难事都是错的，让这些难事变得简单，世界才会更美好。详情请参考 149 页、传达秘诀⑭"简单化"。

大之介：嗯……加上我喜欢的东西的话，应该是这样：

新医院 × "体育赛事直播" = 体育赛事直播医院

新医院 × "夜总会" = 夜总会医院

新医院 × "想睡觉" = 睡眠医院

海　豚：不错嘛，听上去挺有趣的。哈哈哈，啾啾。如果碰到喜欢大自然的人，该如何说？

大之介：那就这样：

新医院 × "公园" = 公园医院

新医院 × "间伐材" = 间伐材打造的山林医院

新医院 × "循环利用" = 废弃物打造的医院

海　豚：最后那个点子很奇特，在国外的话应该可行，搞不好还能营造话题。

大之介：这样想概念还挺有意思的，而且没有一个生僻字眼。

海　豚：反正**概念就是来源于平时接触的一些说法**。没必

　　　　要特意挑一些听都没听过的生僻字眼，或者用一
　　　　些难懂的英语。

大之介：聪明的我听是听懂了，但是……

海　豚：但是什么?

大之介：刚刚你说的我以为我听懂了，但是，我又变得不
　　　　知道自己想要打造一个什么样的医院了。

海　豚：原来如此，这是一个好现象，有这个想法就证明
　　　　你已经开始认真独立思考了。

大之介：是吗?

海　豚：**"不知道"有时候是一件好事，是一个良好的开端。**
　　　　什么都不想却认为自己想过，才是最糟糕的。

大之介：的确如此，像我长得这么帅人又这么好，从小到
　　　　大都挺顺利的，很多时候以为自己认真思考过，
　　　　其实并没有。

海　豚：……你这个前提条件错得离谱，不过开始懂得思
　　　　考也算一个良好的开端了吧。话说回来，说到底
　　　　你究竟想打造一个什么样的医院?

"不知道"是一件好事　有不清楚的、不明白的说明有很大的成长空间，将来有很大的可能性。

大之介：……全新美丽的医院。

海　豚：你这个所谓的全新美丽的医院想让谁变幸福？

大之介：啥？幸福？

海　豚：对，不管是跟人沟通也好，做生意也罢，一定是为了某些人的幸福，这是大前提。

大之介：某些人的幸福？这让我想到了在老家的妈妈。

海　豚：哦，没想到你这么有孝心，真没看出来。不错，接下来描绘一幅关于你母亲的画像，想想她喜欢什么。

大之介：我母亲喜欢的东西……好像是昭和歌谣。

海　豚：太有年代感了。她是喜欢听，还是喜欢唱？

大之介：倒是经常去卡拉 ok 嗨唱。

海　豚：原来如此。那就把这些信息放进灵感制造机里试试看：

新医院 ×"在卡拉 ok 嗨唱"＝卡拉 ok 医院

大之介：卡拉 ok 医院！

海　豚：还可以吧？

为了某些人的幸福　如果大家都能这样想的话，世界会变得更美好。尤其是在当今的社会不为"某些人的幸福"而做生意是不会成功的。

126

大之介：哈哈哈。但是卡拉 ok 那么吵，放在医院里合适吗?

海　豚：但是够新颖呀。天天都笑口常开的话不就变美了吗? 而且从长远看来，妈妈那一代人将会是医院的主要目标人群，至于合不合适，目标人群说了才算，你就不要在这儿瞎操心了。

大之介：嗯，说得也是。利用在医院排队等待的时间唱卡拉 ok，这个听起来不错。说不定住院病人的病情也能有所好转，设置一个隔音小房间就不会吵到其他病人了。有了这个小圈子，应该可以结识很多朋友!

海　豚：像这样结合实际情况开始思考就一定会想出好的概念来。开头千万不要想得太复杂，多想一些点子，里面一定会有好的创意概念。

大之介：嗯，我似乎越来越明白了。对了，我把这个想法跟我妈妈沟通一下吧。

海　豚：很好，向实际目标人群求证是最快捷的方法。

大之介：要是妈妈知道了她儿子不仅人长得帅，还这么聪明能想出好点子，一定会高兴坏了。

海　豚：形容词用得不切实际了啊，不过，能让你妈妈开心就好。

大之介：这次我要重谢你，来我家我亲自给你下厨怎么样？正好让你看看我和我女朋友幸福的样子，嘿嘿嘿。

海　豚：……你就饶了我吧。

大之介：那……就勉为其难地用我这带刺的男人魅力帮你召集一帮女孩，组织一个联谊会怎么样？不过你可得帮我在女朋友那边保密哦，嘿嘿嘿。

海　豚：……你还是饶了我吧。

大之介：怎么这么客气啊，跟我不用客气啦。

海　豚：还真不是客气……

大之介：那好吧，如果你改变心意的话，随时联系我，我等着你哟。

今日海豚语录

概念就是一张能让人们幸福的

设计图。嘻嘻。

一分钱不花，是什么
让新产品好卖到飞起来？

苦恼者　桃子的发小　门田雄三（35 岁）

　　店里客人还挺多的嘛，之前听别人说没有客人，进来一看吓一跳。嗯？没错没错……我上过电视，但不是演电视剧，而是主持电视购物节目。电影？啊，你看了呀！不过可惜不到 3 秒就死了。以前中学老师说我不止一点点认真，简直是过分认真，到现在都没变。老是被导演

130

说我的演技过于死板，毫无艺术感。后来我就想换个工作，正好碰到了我现在的老板，他跟我说："你的声音不错，要不要试试当电视购物节目的主持人？"我当时高兴极了，为了报答老板的知遇之恩，我努力工作，练就了一身的销售绝技。为了卖出更多的东西，我还自己写广告文案。但是，这次碰到了一个大难题，要卖的产品是一条非常普通的彩色牛仔裤，像这种毫无特色的中庸产品最让人伤脑筋了。今晚就要录节目了，我还没想好怎么说。什么？问一下它？谁啊？那个海豚？哈哈哈，不是开玩笑吧？

海豚：你的声音真好听，适合在电台工作。

门田：谢……谢谢，但我不觉得这是在夸我。

海豚：一个电视人却长着鲑鱼一样的认真脸，我喜欢。

门田：鲑鱼？……鲑鱼很认真吗？

海豚：算是吧，有点公务员的气质。

门田：噢……这样啊。话说，你这是特效化妆吧？

海豚：是真的。

门田：日本的特化技术已经这么牛了呀，我可以摸一下吗？

海豚：好痛！

门田：啊……对不起，是不是合成树脂呀？

海豚：长得一副认真脸却这般乱来。说吧，有什么事要找我商量？

门田：哦……对了，是彩色牛仔裤的事情，我刚才和桃子说的你都听到了吧？

海豚：听到了一些，你是说想把彩色牛仔裤卖出去是吗？

门田：是的，没错，老板让我无论如何都要卖出去。

鲑鱼 在淡水中出生，在海洋中生活，最后又回到淡水，中途绝不会多做停留，而径直洄游到出生地的这种忠诚老实的性格，简直就是海里的公务员！

海豚：问题是你也觉得这东西不好，对吗？

门田：不，是我不会传达，产品还是不错的。我自己也想买来穿，但就是不知道怎么说才好。要知道电视对时长是有要求的，要简单易懂的销售话语才行，否则很难传达给观众。

海豚：你们不是应该很擅长用一句话打动消费者吗？

门田：说到这个，这次真是不好办。老板也说了，这的确是好产品，但前提是要让消费者知道。

海豚：原来如此。那么，你的这个想法……

门田：怎么？

海豚：**传达到位了吗？**

门田：……你接下来是不是要说：即将进入广告！

海豚：别打岔！如果那个彩色牛仔裤真的很好的话，只需要一点小技巧就行。

门田：真的吗？

海豚：如果想要告诉消费者这个看似普通的彩色牛仔裤

其实是很棒的话……

门田：快说吧!

海豚：**转变形象**!

门田：转、转变形象?

海豚：没错，**传达秘诀⑬"转变形象"**。改变名字，就可以转变形象，这样一来就会备受追捧，成为畅销产品。当一个东西的优点难以描述清楚的时候，可以通过更改名字、转变形象来传递信息。也就是说：通过语言转变形象!

门田：这个要怎么说?

海豚：语言就是这么奇妙，相同的意思，却会因不同的用词传递出积极的信号或消极的信号。比如：你跟上司说"到时候看情况再说"，那么上司听了一定不舒服。而如果你说**"到时候随机应变吧"**，是不是就变得很积极了呢?

门田：确实如此……

传达秘诀⑬"转变形象" 当想要向大众传达某些信息的时候，如果那个东西或服务有一点"不好的形象"，那可以通过语言来消除。通过改名而走红的商品和艺人不在少数。

海豚：同样的事情换一个角度说就变得积极正面。在不改变语言原意的前提下，通过措辞表达让形象变得积极正面就是传达秘诀"转变形象"。再比如说：

保守消极的男子 ➡ **草食男**

漂亮的阿姨 ➡ **美魔女**

虽然意思差不多，但形象是不是变得更正面一些？只是改变了说法，就能给人一个好印象，也容易形成话题。

门田：看来文字的确能改变事物给人的印象，但是说得容易做起来就没那么简单了吧。

海豚：只要记住这个方法就行：

负面文字

↓

正面文字＋ 相近词语

只要记住这一点，谁都可以做得到。比如刚才的
两组词：

保守消极（负面）

↓

草食系（正面）＋男子（相近词语）

阿姨（负面）

↓

美女（正面）＋魔女（相近词语）

门田：的确，用"草食系"这个词的话，就变成人畜无害、
非常温柔的正面形象。

海豚：除此之外，还有不少说法可以改变一些社会上的
负面形象，并形成话题。比如说：

奉子成婚

不小心怀上了的感觉（负面）

↓

上天恩赐（正面）＋婚姻（相近词语）

↓

幸孕成婚

再比如说：

杂居小屋

没办法住在一起的感觉（负面）

⬇

大家共享（正面）＋房子（相近词语）

⬇

共享之家

离异人士

离婚了（负面）

⬇

只离了一次（正面）＋又（×）（相近词语）

⬇

一个叉

门田：原来如此……

海豚：另外还有一些尚无专用词汇描述的"行为"，通过专有名词化也起到了形象提升的作用。比如说：

一个人吃饭的女性

⬇

一位客人

正因为有了这样的词语，一个人吃饭的女性形象
得到了正面提升，女性的行为也变得更加自由了。
一旦出现一个新词，首先会在 SNS 上流行起来，
接着会出现在各种杂志标题、电视评论当中，形
成一股新的潮流。

其他还有很多，例如：

发胖 ➡ **发福**

头发蓬乱➡ **发型自然随性**

打折商品 ➡ **奥特莱斯**

价格便宜 ➡ **价格亲民**

常做白日梦的大人们 ➡ **中二病**

40 岁左右的中年 ➡ Around 40

门田：全部都形象变好了呢，而且还容易形成话题!

海豚：所谓的转变形象就是在形象不好的东西上加上一
个好听的"昵称"，不管是人还是物，有了一个

SNS Social Networking Serivces 的缩写，如 Facebook、推特、LINE 等，也称社交媒体。

加昵称 不管是人名还是物名在不那么容易被记住的时候，加上一个昵称就变得容易记住。就跟
在书籍或信息前面加上一个"标签"一样，有了标签之后就比较有辨识度，容易被识别。转变
形象就是加正面积极"标签"的做法。

138

昵称之后更容易记住，容易引发讨论，所以容易形成话题。

门田：还可以加昵称……这样想的话好像也不是太难。

海豚：对的，没错。身边很多形象不好的东西只要加上一个好听的昵称，就能改变它原有的形象。

门田：没想到语言的力量如此之大……

海豚：同样，工作上也能产生戏剧性的变化哦。比如一些关于会议的说法：

商品企划会议
⬇
打造目前最想入手商品的会议

月初例会
⬇
本月最有价值信息分享会

新业务开发会议
⬇
畅述梦想打造公司未来的会议

门田：原来如此。你最后说的那个好像挺有意思的，感觉会引发积极讨论。

海豚：没错，仅仅是改变了会议名称，谁参加、什么目的、需要做什么都变得一目了然，会议效率自然会大大提升。明确会议目的的"转变形象"值得每个公司进行尝试。

门田：很有道理，我要跟我们老板建议一下。

海豚：话说回来，你们公司是不是经常接到客户投诉？

门田：是的，经常被骂……

海豚：你可以尝试把"投诉"称为"需求"，这样也可以做到转变形象。比如说：

汇报用户"投诉"

↓

汇报用户"需求"

这样想的话，"投诉"便成为了做出改善的契机。对于投诉你可能会说"对不起"，但是对于需求你可以说"谢谢"，这样一来处理的态度也会更

改变会议名称 如果把"新业务开发会议"这样生硬的会议名称改为"思考10年后的公司梦想会议"，可以引发更多的自由发想。又比如公司人事部的人员考核会议如果改为"公司男主角和女主角选拔会议"的话，我想大家都会积极配合考核工作。因为改会议名称是"不花钱"的，所以最好能立即尝试改变。

积极一些。

门田：原来如此……

海豚：其他还有很多在工作中可以通过转变形象来提升
员工工作干劲的，比如说：

请大家多想创意点子。

↓

开展创意点子大赛。

门田：这样一说确实是会更积极一些。

海豚：还有一些公司常用语也可以转换形象，比如说：

带薪休假

↓

休假陪伴重要的人

这样就可以明确休假目的，员工也会觉得"公司
很人性化"。

门田：换一个说法还能提升公司形象，涨知识了。这个我也要告诉我老板。

海豚：同样一件事情，转变形象能使之形成话题流行起来，产生新的需求，激发积极性。但要注意避免反效果，变为负面形象。

说坏话➡ Diss（怼人）

人员削减➡ Restructuring（公司重组）

无业➡ NEET（啃老族）

高中女生约会➡ＪＫ散步（和女高中生散步的特色服务）

卖春➡援助交际

变态➡ Stalker（跟踪狂）

自杀➡ wristcut（割腕）

门田：这些全部都是现在的流行语呢。

海豚：是的。都是通过"转变形象"，令相应行为变得

提升公司形象　"全体员工大会"可以称为"全体员工一起讨论公司未来发展的会议"，这样员工的积极性更高。"加班费"可以说成"努力工作的奖励津贴"，还能减少无效加班。类似这样有很多的工作用语可以换一种方式来说、转变形象。

看起来积极正面甚至流行起来。但是，**言辞变轻微之后也能减少罪恶感**，这样的改变对社会而言是非常不好的。在使用"转变形象"方法的时候，尤其要注意。

门田：想想的确如此。

海豚：消除原词中"不好的""令人反感的"印象就是形象转变要达到的效果。正因为如此，对于真正不好的事情不能通过转变形象以好的形象示人，这是十分危险的。

门田：我们也要注意。

海豚：没错。回到正题，你刚才说的是普通的彩色牛仔裤吧？

门田：是的，所以我该怎么做？

海豚：先告诉我那个牛仔裤的缺点是什么。

门田：应该就是普通到不能再普通了吧。

海豚：普通的反义词就是"张扬"，但是我估计除了大阪的大妈们，没人觉得张扬是一个褒义词吧。哈哈哈，

言辞变轻微之后能减少罪恶感 尤其像电视、杂志，很多媒体会有意识地将很多说法做形象转换，无意之中引发了一些较严重的问题。

啾啾。

门田：那到底该怎么办才好？

海豚：这种时候应该站在购买者角度考虑他们的心情、个人情况、经济状况等。**什么事情都站在对方角度多做考虑，就容易找到答案**。想象出他们购买后的样子很重要，**因为对卖方而言"买就是终点"，但对于买方而言"买只是起点"**。

门田："买只是起点"，说得真好，我会记住的。

海豚：另外想问一下，看电视购物节目的绝大多数是中年女性吧？

门田：是的，中年女性居多。

海豚：那可以想象一下这样一群人第一次穿彩色牛仔裤上街的情景。

门田：嗯……彩色牛仔是挺时尚的，但是有点不好意思，太显眼了让人有点难为情。

海豚：那这款彩色牛仔不是正好吗？

买只是起点 在思考市场营销活动时，想象购买那一瞬间的想法固然重要，但更重要的是要站在购买者的立场设想一下买了这个东西之后会有什么好处。如果可以想象得到买了之后会有好处，谁都会想买。

门田：怎么说?

海豚：这条彩色牛仔裤不是"朴素"的彩色牛仔裤，而
　　　是"不会过于华丽"的彩色牛仔裤。

门田：原来如此……那就是心理盲点呀。确实这样一来，
　　　既强调了彩色牛仔裤，又赋予了购买的理由。

海豚：对，购买的理由很重要。这就是那些不喜欢华丽
　　　服饰的中年妇女期盼已久的没有那么张扬的彩色
　　　牛仔裤。

门田：原来这就是形象转变!

海豚：不论是人或物或者一座城市，只要传达到位都能

变得美好。就拿你来说吧，往积极正面的方向想，把你的认真说成是"业内最认真演员"来转变形象，就会凸显你的诚实，成为你的优势。

门田：你说的好像很有道理，要不我就趁这次机会，成为像鲑鱼那样一生认真负责的演员。

今日海豚语录

谁能帮忙改变一下日本的形象。

海豚和桃子的咖啡时间

我最近打算自己做点生意，你有什么好主意吗?

桃子：又有朋友发来了求助明信片。

海豚：都说了我们不是电台热线，能不能适可而止！

> 我最近刚辞职，打算和朋友一起开一家公
> 司，但是现在还不知道做什么好。所以，
> 我想请海豚帮我想一下，有什么好的商机。
> 如果想不出来的话，可以告诉我一些方法
> 思路吗? 先谢谢啦！

桃子：这个我也好想知道!

海豚：话说……就这么随随便便地开公司，真的好吗?

桃子：可能因为现在流行自主创业吧。

海豚：如果只是随随便便的一个想法的话劝他最好放弃，

不然到头来要吃苦头的。

桃子：哎呀，你就先别管那么多啦。人家都已经找到你了，
　　　你就帮帮人家吧。

海豚：提不起劲来……

桃子：我就知道你会来这一出……看，今天我给你准备
　　　了游泳圈，想不想玩啊?

海豚：……想玩。

桃子：那就快说方法。

海豚：好吧，真拿你没办法。

　　　这个时候他需要的是：

　　　简单化!

桃子：简单化?

海豚：**传达秘诀⑭"简单化"。**

　　　将世上"复杂"的事情"简单化"就能找到商机，
　　　这就是我总结出来的秘诀之一。

桃子：复杂变简单就能找到新的商机吗?

海豚：没错，先列出一些你认为比较难的事情，再从其中

传达秘诀⑭"简单化"　在考虑新的想法的时候，首先设想一下比较难的事情，然后找出能将其"简单化"的方法，就会有新的商机!

149

挑选出你认为"别人还没有考虑到"的事情，再针对这些事情找出将其简单化的方法即可。所以，先说说看你认为比较难的事情。

桃子：我想想啊，世上比较难的事情啊……比如说"政府公文""如何选择保险""让身材变得苗条"，还有"找到新男朋友""和以前上班地方的妈妈桑重归于好"等。

海豚：明白了。你看哈，如今市面上已经有"如何选择保险"和"政府公文"的代理服务，就连"找男朋友"也有了专门的婚恋网站。**由此可见，很多新商机都是在把较难的事情简单化的过程中产生的。**

桃子：好像很有道理的样子，这么说我也可以想想怎么找到新商机啦。

海豚：你就不好说了！还是先说说近期最困扰你的事情吧。

桃子：嗯……我总是记不住人的名字，这个希望能帮我想想办法。

记不住人名 初次见面时，给他取一个和他名字相关的"昵称"，这样比较容易记住。顺便提醒一下，千万不要每次对着记不住人名的人问："你还记得我的名字吗？"

150

海豚：那用别的东西帮助你记住不就行了？

桃子：什么东西？

海豚：嗯，比如说，对于见过面的人，可以显示其姓名的眼镜，这个应该可以开发。

桃子：这样一来就方便多了。对了，我还有一个困扰。

海豚：什么？

桃子：电视遥控器！总是不知道放哪儿了！

海豚：这一点深有同感，那有什么好办法可以快速找到遥控器呢？

桃子：呀，这个嘛，就算给它涂上颜色也还是找不到，加一些味道又不太好。要是我问它"遥控器你在哪呀？"，它能回答"我在这儿！"就最好了。

海豚：这主意不错。

桃子：手机也一样。如果可以的话，我希望有人开发一款智能手机，一旦被遗忘，手机就会提醒"不要忘我了哟"。

海豚：这个想法听起来还不错。

桃子：但是我这样天马行空地想象也可以吗?

海豚：当然可以，新的商机都是从这种灵光一现的想法开始的。

桃子：嗯，灵光一现……

海豚：没错。总之，当你需要一些好点子的时候，先把所有你认为困难的事情列举出来，再将其简单化就行了。

桃子：原来如此……那好像我也可以做到，要不干脆我也开一家公司好了。

海豚：呃，这个嘛……劝你还是放弃，免得你后悔都来不及。

桃子：好吧。那寄明信片的那位朋友也最好慎重考虑哦。

海豚：我现在可以去玩了吗?

桃子：当然可以，尽情玩!

第三章　传达到位的思考秘诀

让每一天乃至未来变得愈发美好的沟通方法

眼看就要离婚的夫妻
为何能和好如初？

苦恼者　桃子在二丁目时的闺蜜　克丽丝·太田（34岁）

　　桃子，总算把你给找着了。你怎么突然 Disappear 玩失踪了呢？不过，见你一切都挺好就 OK 啦。我可是打听了好久才找到你这里的呢，今天我来找你是为了我个人的 Little Bit（一点）小事。跟你说哦，我要跟我的 Darling（爱人）离婚了。他根本不懂得什么叫 Lady first（女士优先），还说什么九州男儿就是这么大男子主义。他一点都不理

解我的感受，我已经 Decide（决定）离婚了。没错，He is a goodman（他还不错），but（但是）我跟他怎么也说不通。我为他做了那么多的事情，可是他一点都不领情。找人商量？ Of course（那当然了），我跟很多人说过。啥？海豚？它能给我好建议？啊，是在搞什么活动吧。OK，这也算是一种缘分吧。请它吃拿坡里意面就行？咦，你居然还没有放弃那个意面，这一点还真是没变啊。那个克丽丝特别定制口味还有吗？什么，你不记得了吗？就是加入豆沙的拿坡里意面呀！请它吃这个可以吧？Please~

克丽丝：豆沙加番茄酱可是绝佳的搭配哦。

海　豚：黑暗料理，想想都觉得好可怕。

克丽丝：Really（是吗）？明明很好吃啊……真可惜，你太不会欣赏了。那你觉得加入蜜豆和冰激凌的克丽丝周末特别版拿坡里意面怎么样？

海　豚：亏你想得出来，难怪你老公跟你吵架。

克丽丝：这可是我 Darling 最喜欢吃的！

海　豚：那只能说明，从某种意义上讲你们还真般配。我可以问你一个问题吗？你老公怎么评价你穿的这件像天使鱼一样的衣服？

克丽丝：你说这件吗？这是我 Darling 给我买的，很漂亮吧？

海　豚：……可能世上没有比你们更般配的夫妻了。

克丽丝：嗯，我知道。但是，已经不可能了。

海　豚：为什么不可能？

克丽丝：我刚才不是说了嘛，我们对于女性的认知不一样。他总是把"我就是大男子主义！"挂在嘴边，跟

天使鱼 生活在南美的亚马逊河流域，靓丽的花纹加上忽闪忽闪的鱼鳍，简直像极了昭和时代的演歌歌手，在鱼类中因喜欢华丽而闻名。

我摆臭架子。那我还是 American Girl 呢，我可不吃他那一套！

海　豚：夫妻之间不就是要相互忍让和迁就吗？

克丽丝：其他地方我可以忍让，但唯独这一点不行。我并没有要求他全部改变，只是希望他做到 Lady first。

海　豚：原来如此，那么你的想法⋯⋯

克丽丝：Yes？

海　豚：**传达到位了吗？**

克丽丝：Pardon（什么）？

海　豚：要么说英语，要么说日语，你选一个！

克丽丝：好吧，我说日语吧，英语都快忘光了。

海　豚：我是说你的这个想法有没有传达到位？

克丽丝：我觉得有啊，因为我每天都跟他说这个事情。

海　豚：就算每天说，没传达到的也还是传达不到位。说起来你在要求别人做什么事情之前，你自己做过什么吗？

要求别人为你付出之前 向别人提出要求之前，如果你能先为对方做点什么，对方会更容易接受。虽然这是很理所当然的事情，但就是经常忘记。

克丽丝：当然做过啊，为了让 Darling 开心，我为他做了很多。

海　豚：比如说？

克丽丝：我为他报了烹饪班，学会怎么做菜。每天给他收拾房间，他喜欢钓鱼，我也陪他一起去。

海　豚：这些真的是你老公需要的吗？

克丽丝：当然。有可口的饭菜难道还不高兴吗？房间收拾干净了整个人心情舒畅啊，就连他喜欢钓鱼我也陪着他。

海　豚：这些都是你自以为是的想法吧？对方是否真的高兴不得而知。

克丽丝：真过分！什么叫自以为是的想法？

海　豚：也就是常说的"好心办坏事"。

克丽丝：什么叫办坏事！那你说我该怎么做才好？

海　豚：**角色代入**！

克丽丝：那是什么？

海　豚：**秘诀在于做一件事的出发点不是为对方考虑，而**

是站在对方的角度想想该怎么做。也就是说不是你想为对方做什么，而是要知道对方真正希望你做什么。这样一来，才能通过沟通找出真正重要的事情。这就是**传达秘诀⑮ "角色代入"**。

克丽丝：你说我的想法有点自我，那我可坐不住了。说说看吧，你的"角色代入"到底是怎么回事？

海　豚：很多人做事说是为了对方好，但结果往往不如人意，原因就在于没有站在对方的立场"角色代入"进行思考。我就举个例子说吧，为了方便外国游客，日本很多地方的路标都用罗马字标注。

传达秘诀⑮ "角色代入"　我曾多次提出要站在"对方立场"思考问题，这便是具体的方法。假设自己站在别人的立场上会怎么想……只要学会这一点，你就会找到一些全新的答案。

用罗马字标注　为了迎接 2020 年的东京奥运会，政府主张统一用英文标注。有人认为地名也应该直接用罗马字来标注，可是不便于外国游客理解。

克丽丝：的确，虽说标注了读音能读出来，但是看了也不明白什么意思。

海　豚：没错。看起来是为了努力实现国际化，可结果外国人看到了也"不明白写的是什么"，这样不就没有意义了吗?

克丽丝：说起来我也发现了一件很可笑的事情。很多盒装牛奶的开口内侧不是写着"请向两侧打开"吗，可是在拉开前完全看不到这句话呀……那写在这里还有什么意义?

海　豚：哈哈哈，啾啾，那个是有点过分了。所以说很多事情都没有真正地站在"对方立场"考虑。

克丽丝：其他还有很多呢。

海　豚：嗯，没错。相反地，也有很多情况是真正做到了站在对方立场考虑的，比如说机场的标识牌。

对于回国的日本人是用日语写"欢迎回国"，

而对于外国游客则是用英文写"Welcome to

Japan"。

克丽丝：噢，这个我知道。你这么一说，还真的是呢。

海　豚：其实很简单的事情，只是很少有人关注这一点。

　　　　总之要时常牢记"站在对方立场进行角色代入考

　　　　虑"。

克丽丝：话是没错，但也不能说我的好意完全没有意义吧。

海　豚：有一套"角色代入"的方法可以验证你的行为是

否有意义。

克丽丝：那具体是怎么回事？

海　豚：别急，待我慢慢告诉你。首先把"想传达给对方的和想为对方做的事情"写出来。接下来，想象一下要是自己站在对方的立场会如何考虑。这样一来，就能知道对方希望你做的事情，而不是自己想做的事情。

克丽丝：原来这就是角色代入啊……

海　豚：那我举个比较常见的例子吧。比如说，某个男的碰巧被他女朋友撞见他跟别的女人在一起，这时候他该怎么说？

　　　　不是你想的那样，她只是我同事，碰巧就剩我们俩在一块儿。

↓

我要是"女朋友"的话，可能会这么想：

Ⓐ "别骗我了！你当我是傻子啊！"

Ⓑ "跟我说实话，或许我会原谅你。"

Ⓒ "给我买个礼物，我就当什么也没发生。"

虽说女人心海底针，但像这样**把"对方"的想法一一列出来，或许会有很多新的发现。**当然你可以列举出更多对方的想法，列举得越多越能帮助你理解对方，由此也知道自己怎么说才能传达自己的想法。

这个方法也可以用在其他场合，比如说，上司交代你的工作你没有按时完成。

科长，这是您之前交代的资料！

↓

我要是"科长"的话，可能会这么想：

Ⓐ "这么晚才给我！你干什么去了！"

Ⓑ "我有让你做这个吗？"

将对方的想法可视化，会有很多新发现。如果只是在脑海中反复想来想去，只会让它变得更加混乱、更加迷惘，这时要把脑海中的想法写出来，头脑会清晰很多，也容易想出点子，总结梳理想法。这就是所谓的思考"可视化"。

163

ⓒ"我刚被部长训了一顿，哪有心情看这些！"

如果将自己代入到科长的立场去思考会怎样？

Ⓐ"就说我花了点时间进一步提升了资料准确度"

Ⓑ"要不我把您给我的资料也放进来？"

ⓒ"要不要我把部长的意见也反馈进来？"

你会看到更多的可能性，这也是"传达"沟通的
重要一环。

克丽丝：嗯，虽然有点麻烦，但确实很重要。

海　豚：回到正题。你刚才说"想让老公吃上可口的饭菜，
就报了个培训班学会烹饪佳肴"，这个可以使用
"角色代入"法试试看：

为了 Darling 我报了烹饪班学做菜。

↓

我要是"Darling"的话，可能会这么想：

Ⓐ"每天都吃西餐，真有点受不了。"

Ⓑ"希望注意控制一下每一顿的卡路里。"

ⓒ"我只是想吃日式家常菜。"

可用在其他场合 比如说常见的店铺促销活动或者促销单：逢 5（的日子）减 5%，如果我是"常
客"的话，可能会这样想：
Ⓐ 又是减 5%？
Ⓑ 别的店更便宜！
ⓒ 希望生鲜食品能减 10%！
像这样站在买方的角度考虑，就会想出吸引顾客的好点子。

这样做有助于看到自己角度以外的答案。所以首先要完全从对方立场出发，这样就能判断自己的言行是不是太自我。

克丽丝：说起来记得有一次 Darling 回九州的时候，一路说婆婆做的菜好吃。但是，退一万步来说，就算我做得不对，但跟我要说的事情没关系啊，我是希望他懂得 Lady first。

海　豚：你知道荞麦过敏症吗？

克丽丝：荞麦过敏症？我有个朋友会过敏，怎么了？

海　豚：那你还会一个劲地向你朋友说荞麦的好处吗？

克丽丝：当然不会啊，跟她说了也没用，她又不能吃。

海　豚：没错。就算荞麦再怎么好吃，对过敏的人而言那只会是"毒药"。在他们眼里，荞麦村就是"剧毒村"。同样地，对一部人而言认为理所当然的事情，对另一部分人而言却是无法接受的。

克丽丝：这些我都知道啦。

海　豚：**仅从一个方向看到的东西不一定就是事实**。世界上所有的争端、宗教对立等，都不能单从片面的意见判断哪一方是正确的。就连那位"英雄拿破仑"，在被征服者眼里他只是一名侵略者。

克丽丝：我知道不能单从自己个人角度去判断一个人的好坏，但是，对于我来说 Lady first 真的很重要。要是这一点他做不到的话，我们只有分开，虽然我也很难过。

海　豚：你老公的哪些行为是你特别不能接受的。

克丽丝：他不会帮我开门，也不帮我拉椅子，而且晚餐的时候总是先给自己拿饭菜，总之什么都是自己优先。

海　豚：这在日本的确很常见，但你想过他们为什么这么做吗?

克丽丝：不就是觉得他们男人很伟大嘛!

海　豚：事实上并非都是如此。日本自古以来崇尚武士道，他们认为在危险情况下应该自己先挺身而出才是真正的武士风范。也就是说开门让女性先出去的

武士道　男士优先或许才是武士道的精神，所以换一个角度来看答案就会不一样，因为真相永远不止一个。

行为在武士道看来是绝不允许的。所以，在有危险的情况下开门自己先出去，走路时自己走在前面是为了保护女性，吃饭的时候先吃也是为了试毒。这些行为都绝不是歧视女性。

克丽丝：这我还是第一次听说。

海　豚：这就是你出生的国家和日本的文化差异，没有对错好坏之分。**就算你不能理解，只要懂得尊重，你们就能更好地相处。**

克丽丝：你的这个想法还真是有趣。虽说有点勉强，但我明白你想说什么。

海　豚：某一全球大型连锁酒店在给员工做培训时，曾经发生了一件有趣的事情。在欧美、日本等国家，他们教育员工：什么都不用说，只管上前主动帮助客人即可；而在印度，他们则教育员工说：要先问客人"需要我免费帮忙吗？"。因为在印度服务是收费的，为了消除客人认为"有可能被收费"的顾虑有必要先问一句。

克丽丝：这样看来每个国家的国情还真是不一样呢。

海　豚：你面对的每一个人可能会因为他的国籍、立场甚至是时间段不同而不同。所以，**不能只凭自己的想法，认为都是"为了对方好"来主导你的行为，而是每时每刻都要站在"对方立场"去思考问题。**

克丽丝：我确实没有从日本男性的立场去考虑。照这个意思的话，他的行为也许可以理解为日本版的 Lady first 呢。

海　豚：像这样想办法理解对方就是好的开端。不论是政治、工作、教育还是恋爱，都不能一个人钻牛角尖，那只会越走越偏。要学会完全站在对方的立场去思考，能做到这样的话，或许连战争都可以避免了。不过，也不排除你的 Darling 本身就是一个很自我的男人，哈哈哈，啾啾。

克丽丝：先不管那么多了，总之我自己先冷静下来，找机会好好跟他谈谈，就用你告诉我的"角色代入"法!

海　豚：为了这件事你如此伤神，可见你有多爱他。我相

信你一定可以找到解决问题的好办法的。

克丽丝：我会努力的。嗨，桃子，我先走啦，有时间我会

再来看你的！下次跟你好好聊聊你和妈妈桑的事

情。

我还是很爱你，我们谈一下吧。

↓

我要是Darling的话，可能会这样想：

A：动不动就吵架，怎么谈？

B：等有时间的时候再慢慢聊吧！

C：我们找个机会出去边玩边谈吧？

今日海豚语录

如果能认识到不知道是理所当然的话，那你自然就能明白那些不知道的人的想法了。

曾经令人讨厌的部长
为何成为了令下属崇拜的上司？

苦恼者　上次来的两大丑男的上司　大田原源藏　（56岁）

是的，我知道，我被大家嫌弃的原因应该是我有点小啰嗦吧。没办法，现在的年轻人做事太不靠谱了，难免说话语气会严厉一些，我这也是为了他们好，难道说时代变了？现在已经不是昭和年代了……我老婆也常常这么说。没错，今天我想说的是我的下属。我们部门因

172

为最近业绩不好，被领导给盯上了。我立刻召集大家跟他们说了这件事，他们还是完全提不起干劲来，无论我如何激励他们都没有用，真让人头疼。就在我不知道该怎么办的时候，打听到我的一个下属曾经在这里受了很多启发，一反常态地给出了不少有建设性的建议。没错，作为昭和一代的我可能有点跟不上时代了，但我仍希望您能指导一下在下：大田原源葳。今天现场人多，要是您希望改日的话，我可以明日再来。如蒙赐教，不胜感激。

海　豚：真古板。

大田原：哪里古板了？

海　豚：你的名字还有你说话的方式，像马蹄蟹一样硬。

你工作方式也一定很古板吧？

大田原：我不知道什么马蹄蟹……但以前也有人说我太古

板，难道问题出在这儿？

海　豚：这也是原因之一，但远不止这些。

大田原：怎么说？

海　豚：你曾经做过什么让你的下属信任你的事情？

大田原：和下属之间基本上就是工作往来，也没做过什么

特别的事情。

海　豚：猜也猜得到。什么都不做的话，没人愿意相信你，

值得信赖的人都是做出过努力的人。

大田原：哦，明白，如今时代不同了，需要关心下属了。

海　豚：不，这跟时代无关。**想要取得信任就需要努力，**

同样想要得到爱也需要努力。

大田原：想要得到爱也要努力？

马蹄蟹　以前多栖息在濑户内海和九州附近海域，如今却极少见。它是一种
源自远古时代的活化石，外壳极为坚硬、从未改变。与昭和时代的大叔们
属于同一类物种。

海　豚：没错，为了爱也要努力才行。

大田原：这也太难了，我这个人笨手笨脚的，最不擅长
　　　　这些。

海　豚：那可不行。很多日本人都以笨手笨脚为借口回避
　　　　沟通问题，就算是笨手笨脚的人也可以做很多事
　　　　情。用笨手笨脚为借口进行逃避，是永远得不到
　　　　信任的。

大田原：这话我可不爱听。

海　豚：我先问你，为了重振下属的工作士气，你是怎么
　　　　说的?

大田原：我就说我们部门现在面临着巨大危机，大家都
　　　　要打起十二分精神来工作!

海　豚：你希望赢得下属的信任，然后让下属提起工作干
　　　　劲? 那么，你的这个想法……

大田原：什么……

海　豚：**传达到位了吗?**

大田原：我想应该没有吧。

我这个人笨手笨脚的 以自己笨手笨脚博得女性好感也是沟通达人的常用手法。千万不要错以为
"笨手笨脚的人就算了"!

海　豚：我想也是。话说，你是不是觉得说一些好话去赢

得下属信任就是要讨好下属？

大田原：你这么一说，好像还真是这样觉得。

海　豚：那是不行的。首先，**你要放弃讨好下属的想法，**

要想出好点子激发他们的干劲。

大田原：好点子？

海　豚：没错，因为调动人的积极性需要好点子。你要考

虑一些点子，然后拿出来分享给你的下属，这样

才能愉快地工作。

大田原：愉快地工作？……我还从来没这样想过。

海　豚：那就从今天开始愉快地开展工作吧，听好了哟！

首先团队人员管理分三个阶段："**命令**""**执行**"

和"运营"。命令就是如何给下属下达指令的方

法；执行就是最大限度地发挥下属的个人能力；

运营就是在前两者的基础上，进一步提高团队意

识的方法。在每一个阶段都需要思考好点子。

"命令""执行""运营" 充分意识到这三点，对团队运营有很大帮助。反过来，如果你是下属，
只要你有这三点意识，你的工作水平也会极大提高。

大田原：听起来好像挺难的。

海　豚：理解之后就不难，我逐个跟你解释一下吧。

大田原：那就麻烦你了。

海　豚：首先是"命令"，你平时是如何下达工作命令的？

大田原：工作命令的话……基本上就是"现在有这样一份工作，你们努力完成吧"之类的。

海　豚：那我问你，你觉得没办法不得不做的工作和自己主动想做的工作，哪一个效率更高？

大田原：那当然是"自己想做"的工作了。

海　豚：但是你却不愿讨好下属，直接给下属下达工作指令。你要知道，人就是这样，被人命令的时候总想拒绝。如果上司对自己说"这是工作，快做吧！"下属觉得没办法那只有做，但自己并不想做。也就是说，你的说话方式是在打击他们的工作热情。这样下去，部门会变得非常糟糕。

大田原：……你说话这么直接，我一下子有点接受不了。不过我知道，是我的责任。

海 豚：像你这种动不动就说"是自己的责任"也是一种逃避行为，劝你最好不要这样。那这样吧，你现在要做的不是积极主动做点什么，而是尝试各种禁止。

大田原：禁止？

海 豚：没错，首先从**"禁止因果句式"**开始!

大田原：因果句式？

海 豚：只会给下属下达命令却不提出建设性点子的领导常用的句式就是："因为 ××，所以 ××"。

比如说：

没时间了，你给我快一点!

你都已经是科长了，你要对你的下属下指示!

给你这么高的工资，你还不给我好好干活！

大田原：好像我的确这么说过。

海 豚：很多人还喜欢在提醒别人时一开始就说"因为 ××，所以 ××"，这基本上都会起反作用。

比如说：

因为你是个男子汉,所以不能在别人面前哭鼻子。因为今天是我生日,所以我想去一家好一点的餐厅。因为这里是美术馆,所以要保持安静!

大田原: 看得出来,确实会起反作用。

海　豚: "因果句式"的确可以起到提醒的作用,但是对方听了会不高兴,所以不想服从命令。如果是"没有办法只有服从"的对话,不但没有效果,反而会招来怨气,这是一定要注意的。

大田原: 受教了。

海　豚: 实际上不用因果句式,也同样可以起到提醒和催促的效果。

大田原: 该怎么做?

海　豚: **Three Point！**

大田原: 哦哦,就是篮球的三分球!

海　豚: 不是篮球三分球,是**起到命令作用的传达秘诀⑯**
　　　　"三步制胜"。只要掌握了简单的三步骤,谁都

传达秘诀⑯"三步制胜" 很多朋友看到这里一定会说我还是不会写"传达到位的话术"!这个秘诀就是给他们的。只要按照这三个步骤、明确目的、站在对方立场考虑就能写出高水平的"传达话术"。

可以写出"传达到位的话术"。掌握"目的""对方的情绪"和"解决对策"这三大要点便能知道如何传达到位。拿刚才的举例来说：

因为你是个男子汉，所以不能在
别人面前哭鼻子。

↓

目的：不让他在人前哭鼻子

对方的心情：非常难过

解决对策：可以哭，但是不能在人前哭

↓

**你要是真的很难过就哭出来吧。不过在这里
会被朋友看见，要不你去房间吧？**

今天可是我生日，去一家好一点的餐厅吧。

↓

目的：想去好一点的餐厅

对方的心情：去是想去可是没钱

解决对策：制造美好回忆＋往后再节约

↓

**亲爱的，生日那天要不要去好一点的餐厅创造
美好回忆啊？然后从明天开始我们节约一个星期。**

真美味！

大田原：这样一说的话，对方会觉得可以去啊。

海　豚：站在对方的立场考虑，你就会明白他是想着"因没有钱不想去"。所以，只要说法上能让对方心情释然，对方的想法也会发生改变。

大田原：原来如此，这太有用啦，还有其他的吗？

海　豚：当然有。比如说想让孩子保持安静的时候：

这里是美术馆，所以要保持安静！
↓
目的：让孩子保持安静

对方的心情：安静不下来

解决对策：讲道理行不通的话就用游戏
↓
我们玩安静看画的游戏好不好！

先看出绘本中有几种颜色的人算赢。

大田原：这个好像也很管用。

海　豚：对吧，同样是命令别人，但换一个说法就不觉得
　　　　是命令了。这里举的例子只是其中一种情况，只
　　　　需要根据不同的人和实际情况对应考虑即可。

大田原：但感觉这些很难用到工作上去啊。

海　豚：这就要用到传达秘诀中的应用篇了，只要养成这
　　　　种思考习惯，在工作中也能应用自如。比如说：

没时间了，你给我快一点！
↓
目的：在规定时间内完成

对方的心情：我已经很努力了！

解决对策：理解→期待
↓
我知道你很努力了，但能不能在规定时间内完成
就看你的了。所以你一定要加油，全靠你了！

我会加油的！

大田原：原来是要表示理解和期待啊……这么一说确实有干劲了。

海　豚：还可以用到一些比较严肃的场合。

我给你发这么高的工资，你还不给我好好干活！

↓

目的：让对方好好干活

对方的心情：自认为已经在很努力地工作了

解决对策：特别待遇＋共同责任

↓

我给你的是特别待遇，跟别人可不一样，

你要是不好好干的话我会很为难的。

大田原：原来如此，特别待遇和共同责任……这样的话，就有干劲了。

海　豚：只要换一个说法就能让沟通变得更顺畅。这并不是什么讨好，只是通过语言这一润滑剂，以大家更能接受的方式给出工作指示。

大田原：这个的话我应该也可以。

海　豚：首先试试仿照传达秘诀用用看，在不断的练习过程中你会发现自己储存了很多好的点子，自然而

然地就形成自己的一套风格。习惯后你会越来越

上手，用起来更加得心应手。

大田原：明白，我先试试看。

海　豚：很好。话说，你们部门的业绩真的很糟糕吗？

大田原：我们部门是负责商品规划，总是被隔壁的部门

捷足先登。

海　豚：你平时是怎么要求你下属的？

大田原：我让他们自由思考，只要能交出有趣的东西就行。

如何说服公司是我的工作，对于下属我还是尽量

让他们自由思考。我想至少这一点我的下属是认

同的。

海　豚：这样可不行，会适得其反。

大田原：啥……适得其反？快说说是怎么回事？

海　豚：想要想出有趣的点子，就要**禁止自由**！

大田原：又来禁止……

海　豚：**自由思考无法产生有趣的点子**。能够自由思考想

出有趣的点子来的只有艺术家。

禁止自由！　自由才更容易思考的说法那是胡扯。在一定的规则之下人们才
更容易思考。在规则当中玩转规则，才能找到有趣的点子。

大田原：但是，自由不是更好吗？总比一堆的条条框框要好吧？大家不都是这么说的吗？

海　豚：没错，很多伟人都说过"要更自由！不要束缚！打破先例！"，但是，这是错误的。**有了规则人们才更容易思考。**

大田原：那照你的意思说，是我完全搞错了吗？

海　豚：可以这么说。

举例跟你说吧，相比"快想个好点子"，**"在10秒之内想出个好点子"**实际上更容易思考。

"随便"是最难的，会让人不知从何开始，而给出一个10秒限制条件后，人们就会首先想要在规定时间内通关，想出好点子。

大田原：好像很有道理。

海　豚：**如果没有规则，人们不知道该如何思考。**比如说让你随便画一幅有趣的画，没有大小、场合、目的等要求，是不是毫无头绪？而如果说让你在这张画纸上用铅笔画一幅让人看了会笑的画，是不

有了规则就有了思考的"切入口"　拿前面的举例来说，如果规定要求画一幅让人看了会笑的画，那么就会开始思考什么样的画让人看了会笑。进而有了判断"这样画恐怕不能把人逗乐"的标准。如果让大家自由思考，最终会变得不会思考。因此首先要制定在哪里、考虑什么内容的规则。这样人人都能想出好点子。

185

是容易很多？

大田原：原来如此。被你这么一说还真是这样，顿时明白了。

海　豚：**有了规则就等于有了思考的"切入口"。**如何在规则之内玩转？进而跳出规则甚至打破规则也都是可以的。规则也可以理解为"常规"，只要想着打破它就能找到"突破常规的好点子"。还有很多其他例子可以说明有规则更有利于思考。

相比"请画一幅漂亮的画"，不如"**请用三种颜色画一幅漂亮的画**"更容易操作。

相比"思考日本的未来"，不如"**为了与邻国和睦相处，思考日本的未来**"更容易。

同样地，"想一个有趣的生意点子"不如"**在 10 万日元的预算范围内想一个有趣的生意点子**"，这个又不如"**零预算想一个有趣的生意机会**"更能发散思维。

大田原：零预算……除非是智力答题游戏才可以吧。

海　豚：没错。**规则越是严格，思考打破这一规则的好点子就变得越有趣**，因为就像解谜或智力问答游戏一样。所以，**规则不是敌人，而是朋友。制定规则再玩转规则，这才是想出好点子的秘诀所在。**

大田原：规则是朋友……这跟我说的话完全相反。

海　豚：如果没有规则这一"切入口"，是很难展开思考的。所以，你让你的下属自由思考，看起来好像是一件好事，而实际上是最差劲的工作指示。

大田原：什么……你的意思是说我下达了最差劲的工作指示？

海　豚：可以这么说，哈哈哈，啾啾。

大田原：你说得我有点晕，那照你说我该如何给下属下达指示？

海　豚：很简单，这时候需要**强行规则**！

大田原：强行？

海　豚：没错，**传达秘诀⑰"强行规则"。没有规则的时候，强行制定一个规则**。规则不明确的时候，也可以

规则不是敌人而是朋友　规则不仅仅是为了让人遵守而存在，更是思考的切入口。所以，严格的规则、严格的条件从某个角度来说，有助于想出新点子。

传达秘诀⑰"强行规则"　不要说什么自由思考！而是要制定规则！无论是工作还是小孩的教育，给出一定的规则，他们才有更大的发挥空间。

制定一些更加有指向性的规则。这就是在"执行"阶段使用的"强行规则"。这个方法非常简单，就是在思考问题的时候强行制定一个规则，按照规定思考即可。

比方说：

明天之前想出来。

10 年后还能留下来的东西。

用 10 个字以内进行说明。

1 万日元以内可以做的事情。

1 年内可以赚 100 亿日元的生意。

既畅销又有益于社会的东西。

能让老爷爷、老奶奶身体变棒的东西。

不可能实现的事情。

大田原：不可能实现的事情？

海　豚：哈哈哈，啾啾。当然这是一个比较极端的例子，在某次电视节目策划会议上，当时用这种方法想出来的点子最终还真的实现了。总之，要想一些有趣的点子的时候，可以考虑使用"不可能实现的事情"这一规则。

大田原：强行规则还真是一个有趣的构思方法，在需要有趣的点子的时候应该用得上。

海　豚：不仅仅是需要有趣的点子的时候，一般情况也非常有效。像学校、政府，乃至平常的工作中也能用，可以在工作中根据实际情况多想几个"强行规则"。

大田原：把规则告诉下属就行吗？

海　豚：没错。试了之后你会发现会冒出很多有趣的点子。

大田原：好的，我试试看。

海　豚：现在还差最后一个"运营"。命令和执行都做好了，运营这一块掉链子的话也无法长期保持积极性，影响最终效果。

大田原：那最后这一点很重要啊。

海　豚：是的。你知道运营对于一个上司而言，最重要的是什么吗？

思考不可能实现的事情　在实际思考"不可能实现的事情"的过程中，会不断涌现出各种有趣的节目策划方案。虽然在平时的工作当中很少用得上，但在关键的时刻不妨小试一下。

大田原：是什么？

海　豚：**禁止关系融洽！**

大田原：禁止这一点我已经习惯了，但是如果关系不融洽，作为一个团队不是很难推进工作吗？

海　豚：上司没必要和下属做到关系融洽，让他们崇拜即可。

大田原：崇拜……吗？

海　豚：团队运营的核心不是上司要和下属共同面对一件事情，而是朝着同一方向给出具有目的性的指示。

大田原：朝着同一方向？

海　豚：没错。就算上司和每一个下属搞好关系，工作也还是推进不了。还不如和下属朝着同一方向，给他们一个目的明确的指示，为他们打"强心针"。这个"强心针"能给团队带来信任，加强凝聚力。

大田原：道理是明白了，但像我这样的性格，这样一张脸，怎么可能成为别人崇拜的领导？所以说实话，我还是完全不知道该怎么办才好。

海　豚：这个时候就需要……**永恒指标**！

大田原：啥？

海　豚："运营"时用的**传达秘诀⑱"永恒指标"**。一贯
　　　　到底的指标有助于提高团队的积极性和能力表
　　　　现。**下属对上司崇拜最关键的就是"信任"，不
　　　　管发生什么事都不会动摇，也不会背叛。**当然工
　　　　作情况有变的话，应该做出相应调整，这个时候，
　　　　上司要能跟下属交代清楚，再次明确新的指标和
　　　　推进方向，这很重要。

大田原：我这张脸也可以吗？

海　豚：这跟脸没关系啦。

大田原：那就太好了。不过话说回来，永恒指标到底是
　　　　什么？

海　豚：这里有五个维度，是永恒不变的点子的指标。基
　　　　于这五点评判工作点子的好坏，不论在哪个时代，

传达秘诀⑱"永恒指标" 站在下属的立场你就会明白，经常改变判断标准的行为让人十分恼火。如果没有明确的判断标准，无论多优秀的人才都会丧失工作积极性。因此，对于团队运营而言，给出明确指标并将其坚持到底显得尤为重要。

什么样的情况都是可行的。

Ⓐ可执行性（简单）　　★★

Ⓑ新发现（惊喜）　　★★★

Ⓒ效果性（畅销）　　★

Ⓓ扩散性（传播）　　★★★

Ⓔ满意度（客户）　　★★★★

大田原：就是这五点吗?

海　豚：没错。比如说如果遇到比较难搞定的客户，我们可以有针对性地选择提高Ⓔ满意度的点子。当然，你要是能够同时考虑Ⓐ－Ⓓ，那肯定能想出传达到位的点子。如果脑海中没有这一意识的话，就会很容易忘记Ⓐ－Ⓓ指标的存在，这样一来，工作会变得很无趣，下属的工作积极性也会大大降低。

大田原：领导工作的指标不能左右摇摆是非常重要的。

海　豚：是呀，如果指标摇摆不定，下属都不知道应该以

五个维度　上述（　）内容可用于一般的工作场合。而这些指标在工作以外也能使用。比如说，要规划"朋友的婚礼"，Ⓒ的效果（话题性）和Ⓔ的满意度（朋友的满意度）就是重要的指标。

什么为基准开展工作。

大田原：嗯，永恒指标，我会牢牢记住的。

海　豚：一开始你可能会觉得很麻烦，但只要团队有了指标，团队成员就能明确自己该做什么，这是最关键的。

大田原：我觉得按照这个实际操作，部门整体一定会变得更好。像马蹄蟹一样进展缓慢的我也要尝试一下破壳而出，大胆尝试一把！

海　豚：哟！从马蹄蟹变回了普通螃蟹了呀，这是好事！但是一口气吃不成胖子，做团队运营要先认真思考每一个秘诀方法并不断尝试，最后可以总结出一套自己的秘诀。

大田原：好的，多谢指教！

今日海豚语录

制定规则有利于思考，玩转规则
会很有趣。

濒临倒闭的同志酒吧
再次兴旺起来的原因是什么？

苦恼者　桃子在二丁目店的时候的妈妈桑　　金太郎（年龄不详）

　　桃子，好久不见啦，你这里生意挺旺的嘛，这我就放心了。我以为我们永远不会再见面了，没想到还能在这儿见到你。其实，我来这儿是有件事情想找你商量，我从克丽丝那里打听到了你的地址……我问你，你有兴

趣回去继承那家店吗？说实话，我想不干了。我现在也一把年纪了，再说店里来的客人都是些上了年纪的大叔。几年前倒是门庭若市的，但现在……我忽然记起你以前说过，等我隐退之后你要接手做下去，所以我特意过来问问你有没有兴趣接手那间酒吧。不过看来应该不会了，是吗？好的，我明白，你的店现在生意这么红火，肯定不想回去了。不过我总算是彻底放下了，回去就把那间店关了。诶？再重新把酒吧的生意做起来？这不可能了吧？现在年轻人都去光顾一些新店了。什么？跟海豚聊一下？哦哦，我从克丽丝那里听说了。那个就是吗？

海　豚：终于到大王乌贼登场啦！哈哈哈，啾啾。

金太郎：真没礼貌，应该是女王乌贼才对吧。桃子，给我来杯酒，不喝酒怎么跟海豚聊天。来，你也一起，你能喝酒的吧？

海　豚：给我来杯盐水吧。

金太郎：什么？盐水？

海　豚：是的，我就是喜欢喝盐水。所以，你是不是想让你的同志酒吧重新旺起来？

金太郎：啊……那件事情啊？算了吧，不可能的。你的心意我领了，事情没有那么简单。

海　豚：不去试一下，怎么就知道不行了呢？

金太郎：客人都没有啊，就算我多希望有客人来，可就是没人来。所以说，真的，不是这么简单的事。

海　豚：你希望客人来的想法……

金太郎：怎么了？

海　豚：**传达到位了吗？**

金太郎：那当然是没有啦。

大王乌贼　大型乌贼，身长约 20 米，眼睛有 30 厘米左右，在黑暗的地方也能看得清楚。在海里看到它会非常震撼，简直就是海中大王。

海　豚：你这太敷衍了吧？

金太郎：我也是想了很多办法的啦，但是没有一个办法行得通啊。都怪我过去没怎么打理，所以才变成今天这个样子。

海　豚：你这样说就错啦。

金太郎：哪里错了？

海　豚：**应该是未来成就过去。**

金太郎：哈哈哈，不是过去成就未来吗？你搞错了吧？

海　豚：没有错。不管你过往多么艰辛，只要成功了，过去的种种都是通向成功的铺路石。**也就是说，只要未来能成功，再艰辛的过去也能成为珍贵的回忆。所以，与其对过去的事情耿耿于怀，还不如为了更美好的未来努力奋斗。改变未来可以让过去的一切变得不一样。**

金太郎：呼呼呼，这话说得真好。但我觉得那只不过是理想的状态，现实有时是既残酷又无奈的。

海　豚：也不是这么说，你看这家店的生意不也是照样旺

未来成就过去 出自宇宙物理学家佐治晴夫。佐治老师善于言辞，不失趣味，总是能传达到位，可以说是当之无愧的传达模范。

199

起来了嘛。

金太郎：咦，这里以前生意不好吗？

海　豚：是啊，我刚来的时候，都快要倒闭了。

金太郎：原来是这样，是你帮忙想办法拯救了它？

海　豚：我也就帮了一点小忙。

金太郎：话说，你究竟是何方神圣啊？

海　豚：海豚啊。

金太郎：就算是吧，但能让这店的生意这么红火，肯定
　　　　不是一般的海豚啰。你和桃子到底是什么关系、
　　　　做了什么，我越来越想知道了。看来今晚我可以
　　　　听到一些有趣的故事了，桃子，再给我来一杯酒。
　　　　你呢，再来一杯盐水怎么样？

海　豚：好的，盐水加冰。话说，那间酒吧以前生意还
　　　　不错吧？

金太郎：你说我的酒吧？是啊，以前可是人气很旺的呢。

海　豚：为什么会那么旺？

不是一般的海豚　能在陆地生存、会说话、喝盐水本来就不是一般的海豚能做到的。连这一点都
没注意到，看来金太郎也不是一般的人啊。

金太郎：可能因为我是个比较有趣的人吧，哈哈哈，有点"王婆卖瓜自卖自夸"了。

海　豚：为什么能聚集那么多人？

金太郎：那是因为人都喜欢凑热闹，往人堆里扎，跟那些排长龙的拉面店是一样的道理。记得那时候NONKE的人也比较多。

海　豚：为什么大家知道你的店很热闹？

金太郎：为什么为什么为什么，哪来那么多的为什么，真烦人，你这是在调查我吗？

海　豚：**为什么**！

金太郎：干什么呀，突然间这么大声，脑子烧坏了吗？

海　豚：这是**传达秘诀⑲为什么**。像这样不断地给自己提问，就会找到真正的问题点。

金太郎：就算找到了问题点，又有什么用呢？

海　豚：**找到了真正的问题所在，就等于解决了问题的百分之八十。解决能力固然重要，但是能准确找出**

NONKE 的人　指异性恋者。

为什么为什么为什么　小疑问能成为解决大问题的线索。就连那个丰田工厂，也是通过不断地问为什么，来提高产品质量。

传达秘诀⑲为什么　快速找到真正课题及解决对策的方法。通过不断提问，过滤掉多余的信息，抓住事情真正的本质。切勿中途放弃，坚持到底很重要。

201

课题的"课题能力"也是同样重要。

金太郎：好吧，你这么说也有道理。但是，我这个人不太擅长聊一些深奥的问题，接下来可以聊些有趣的内容吗？

海　豚：明白，那我继续提问：为什么那些客人知道你的店很热闹？

金太郎：口碑吧。

海　豚：为什么能通过口碑传播扩散开来？

金太郎：这个嘛，让我想想。可能是因为我们有热闹的华丽派对吧，大家都在谈论这个。对吧，桃子你也知道的，那个"金太郎之夜"，大家都打扮成金太郎，可好玩了。

海　豚：桃子也打扮成金太郎？想想都觉得可怕。

金太郎：还挺合适的呢，对吧，桃子。

海　豚：为什么那个时候金太郎之夜这么有人气？

金太郎：这个嘛……可能是因为那时候经济形势好，客人们都喜欢那些夸张华丽的节庆狂欢活动。但是，

课题能力 即找准课题的能力，问题之所以得不到解决，很多情况下是因为没有找准课题。这是做生意必须具备的，希望大家都能提高自身的课题能力。

现在就不流行啦。

海　豚：为什么现在不流行了呢？

金太郎：感觉现在的人不喜欢那些浮夸华丽的东西，年轻人也喜欢安静地喝喝酒、聊天吐槽。

海　豚：为什么他们不去你的店？

金太郎：可能现在更多人愿意去女子酒吧，因为门槛较低。以前除了同志的客人，还有很多NONKE的男生女生客人，但现在这些人不愿意来同志酒吧了，门槛相对较高啊。

海　豚：为什么同志酒吧门槛高？

金太郎：以前都是熟客带着年轻人过来玩的，也许是因为这些熟客年纪大了就很少来了。那些NONKE年轻人没有人带的话也不会自己找过来，女生就更不用说啦，更加没有来这边的理由。

海　豚：原来是这样，那么课题就是三个：

课题① 熟客们因为年纪大了，不来店里玩

课题② 年轻的男性和女性客人没有了来同志吧的契机

课题③ 现在不流行为制造噱头的华丽派对

只要解决了这 3 个问题，你的店一定会再次红火起来。

金太郎：说得倒是轻巧，要是有那么容易的话，我就不用在这里发愁啦。

海　豚：你等着瞧吧，接下来我们想想具体该怎么做。

金太郎：好，听你的。

海　豚：首先，第一步是想想打造"全新的同志酒吧"。

金太郎：全新的同志酒吧?

海　豚：是的，打造一个和以往不一样的全新的同志酒吧，肯定会有人感兴趣。话说，你是希望吸引年轻的男生来，还是女生?

金太郎：当然是女生。

全新的同志酒吧 要想一个有趣的同志酒吧可能比较难，但是一个全新的酒吧就比较容易想，想点子的时候，姑且先考虑简单的，详细请参考 118 页传达秘诀⑪"加入全新的"。

海　豚：哟，有点意外噢！

金太郎：现在这个年代，女性的力量不可小觑。况且女生多了的话，男生不就自然来了吗？说不定还有很多优质男，嘻嘻嘻嘻。

海　豚：啧啧啧，真可怕。

金太郎：很可怕吗？

海　豚：算了，那我们先设定女生为目标人群吧，你先说说女生都喜欢什么。

金太郎：嗯？你要我说这个干吗？好吧，说就说。女孩子喜欢的东西，当然是帅哥啦。还有时尚、美妆，杂志里的造型师和化妆师的专访也很受欢迎，再就是美容美甲，蛋糕甜点也算吧，还喜欢占卜、咖啡、泡温泉、海外旅游、购物等，最近还流行烹饪教室和技能培训班。

海　豚：你说的这些当中，哪些最受女生欢迎？

金太郎：要是我来选的话，应该就是帅哥、造型师、蛋糕甜点、咖啡和烹饪教室吧。然后，还有就是学习吧。

海　豚：那我们试试将这些词放进"灵感制造机"里，组合起来看看吧。

　　　　全新同志酒吧 × "帅哥" = 美男同志酒吧

　　　　全新同志酒吧 × "造型师" = 造型师同志酒吧

　　　　全新同志酒吧 × "蛋糕甜点" = 西点同志酒吧

　　　　全新同志酒吧 × "咖啡店" = 同志咖啡吧

　　　　全新同志酒吧 × "烹饪教室" = 烹饪同志酒吧

　　　　全新同志酒吧 × "学习" = 同志酒吧学堂

金太郎：什么鬼？乱七八糟的，但还蛮有趣的……

海　豚：这就是全新的同志酒吧的创意点子，你还可以举出更多。这样课题②"年轻女性客人来同志吧的契机"不就解决了吗？

金太郎：嗯，确实是……我怎么就没想到"同志咖啡吧"呢？虽然只是变了个名称，整个形象都完全不一样了呢。我要做咖啡店的店长了啊，这正是我梦

仅改变名称就能转变形象 将同志酒吧改成同志咖啡吧，能给人一种很阳光开放的感觉。虽然我个人还是比较喜欢阴郁的酒吧。哈哈哈，啾啾。详情可参考 134 页传达秘诀⑬ "转变形象"。

寐以求的。而且那个同志酒吧学堂也很棒，我听了也会想报名上课的。

海　豚：干脆再组合一下，来一个"同志咖啡吧学堂"怎么样？在这里我们可以办一个烹饪教室，也可以请造型师开一个时尚讲座，教客人们化妆。你身边应该有很多这方面的专业人士吧？

金太郎：嗯嗯。我身边很多朋友都是美妆和时尚达人，他们都一把年纪了，被大家称为不老传奇。

海　豚：对了，你以前那些上了年纪的熟客里面，肯定有一些社长、教授之类的人物吧？

金太郎：有啊，多得数不过来。

海　豚：那还可以在"同志咖啡吧学堂"办一个商学院，请那些上了年纪的熟客来讲课。

金太郎：哈哈哈，在同志酒吧里面搞个商学院？太好笑了。

海　豚：在这里可以学到大学的研究院都学不到的社会知识，再加上要是邀请以前的熟客担任讲师的话，他们也会在店内消费，这样就同时解决了课题

①"熟客们因为年纪大了，不来店里玩"和课题③"现在不流行华丽派对"。技能学习也能形成话题，还不浮夸。

金太郎：听起来感觉还蛮有趣的，说得我都有点动心了。

海　豚：一个由60多岁的大叔传授商务知识或化妆知识的同志酒吧，全世界估计仅此一家吧。这个世上绝无仅有，就已经足以形成话题了。

金太郎：是啊！那我先好好想一想要开什么样的学堂。然后我再联系以前的熟客，就算要五花大绑也要绑他们过来做讲师！

海　豚：哈哈哈，啾啾。这才像大王的样子嘛。

金太郎：都说了人家是女王啦。不过今天真的是来对了，深究之后，脑子瞬间清晰了很多。我觉得我现在又充满了斗志，觉得可以再一次做一些流行好玩的事情。看来未来成就过去这话不假。

海　豚：**乐观积极思考的人，一定能想出正面积极的创意点子。**

世上绝无仅有 其他地方没有，只能去那里，只能买它。只要找到全世界独一无二的价值，就能吸引人过来。详情可参考 99 页传达秘诀⑩"有和没有"。

金太郎：确实是啊。我总算知道你是怎样让桃子的店起死

回生了，你也教给了他这些，对吗？

海　豚：是的，这是我的传达秘诀。

金太郎：是吗？听起来蛮有意思的，下次我让桃子教教我。

海　豚：哈哈，好啊。

金太郎：但是还有一点我想不明白，为什么偏偏是桃子

呢？

海　豚：……

金太郎：你看，刚好桃子去那边忙了，你就告诉我嘛。

海　豚：……那是因为，桃子以前救过我。

金太郎：以前？什么时候？

海　豚：30多年前吧。在南边的岛屿，我被海浪冲到沙

滩上，将死之际桃子喂我喝了盐水。

金太郎：难怪你这么喜欢喝盐水。

海　豚：当时他那双小眼睛和那双微微颤抖的小手，让我

终生难忘。那个时候我就想在他有困难的时候我

必出手相助。没想到现在长大了眼睛还是跟以前

一样小，哈哈哈哈，啾啾。

金太郎：好感人哦。

海　豚：好了好了，这个话题就到此结束吧。煽情的话，
我是最不擅长的了。

金太郎：呵呵呵，你太可爱了。只要有你在，相信桃子以
后也没问题了。

海　豚：不，我也差不多要回去了。这家店生意也红火起
来了，相信桃子自己也可以搞定。

金太郎：不是吧，再多留一阵子嘛。

海　豚：那可不行。

金太郎：这样啊……好吧。桃子他知道这件事吗？

海　豚：他不知道。

金太郎：……好吧，我想你也是有自己的原因。下次要是
有机会再回来的话，一定要来店里坐坐哦，顺便
也去我店里玩玩。到那时，我的店肯定也很红火
了。

海　豚：哈哈，非常期待。

7月18日（星期三）

今天我救了一只海豚。

我曾经遇到麻烦了，你曾帮我哦。

今日海豚语录

未来可以改变，
所以，过去也是可以改变的。

最终章　传达到位的心法秘诀

找出真正重要本质的洞察力

是什么原因让不擅长思考的桃子也开始努力思考了呢?

从某日开始海豚突然不来了。

至少应该打个招呼呀!沟通达人听说后也惊呆了。

几天后收到来信,是寄给我的!字迹很可爱。

传达秘诀⑳到底是什么?

不可以笼统接受世上所有信息，一定要充分想象、深入思考"为什么会这样？"。如果对于别人说的话不加思索地全盘接受，那么有可能自己会无意中散播虚假信息。一个小小的举动也有可能伤害到别人，千万不要成为酿成悲剧的帮凶。

新闻所传播的"真相"，其实也只不过是其中一个观点而已，如果相信那就是全部的真相，那就可能错过真正的"真相"。所以平时一定要有独立的判断辨别能力。

3·11大地震的时候，几乎所有的电视报纸都报道说是"造成2万人死亡的重大灾害事故"，这时有人提出"不是造成2万人死亡的一起重大灾害事故，而应该考虑说是造成1人死亡的事故有2万起之多"。这不是小错误，这是重要角度的发现，我们需要有这样的意识看待事物。

我们平时不应该被泛滥的信息所淹没、被操纵，一定要分辨哪些是必需的，按照自己的标准认真思考分析，不断给出自己的答案。

为什么 1 + 1 = 2 ?

怎么样才能让朋友过得更幸福?

恋爱和爱情的区别是什么?

丰富多彩的生活是怎样的?

新业务到底是什么?

"思考"是怎么一回事?

人为什么要竞争?

有什么方法可以让未来生活更幸福?

到底什么是幸福?

所有答案源自提问!

因此,小小疑问也要大胆说出来!这"到底是什么呢?"这没什么难为情的,一定要多斟酌,多思考!平时只要经常提问"这到底是怎么回事?"多少会发现一些思考的契机,而有了思考的契机,就会想更进一步思考,理解也更深入,世界也会朝着美好的方向发展。

常问"这是怎么回事?"这一契机是最后一个也是最重要的一个秘诀。明白了吗？桃子。

海暖

P.S. 所有菜都挺难吃的，但是拿坡里意面
和盐水挺好的。请多保重！后会有期。

结束语

世界万物通过各种创意想法驱动，而这些创意想法的核心就是语言。通过语言产生打动人心的创意点子就是所谓的文案撰写。我认为撰写文案不是职业，而是一门技术。因为是技术，所以可以应用在所有的工作里面，也可以用于政治层面、用于谈恋爱。在有语言存在的所有领域都需要技术。

其实我也想创立文案学，经济学和建筑学是作为学科设立的，设计既是一门技术也是学科，但是，文案还没成为学科。我想改变它！

文案技巧可以避免在公司或者生活中说"无意义的话"或者"招致反效果的表达"，让沟通过程变得更顺畅。只要能好好掌握语言的技巧并加以应用，世界也会朝着美好的方向改变。

沟通不是品味，而是技术。同时这不是仅限部分有才之人能够运用的技术，而是任何人都可以用得上的技术。只要正确运用"传达秘诀"，就可以把重要的心意传达给对方，也可以创造有趣的创意点子。如果"传达秘诀"能向社会渗透，那么人与人之间的沟通也会更顺畅。

这也是我写这本书的契机。

能通过这本书向大家传达让人更幸福的语言艺术就可以了。不是"让人随心所欲"，而是创造幸福沟通过程的技术。希望通过这本书能促成更多良好的沟通，我也幻想能以此书为契机有更多的人成为文案，并把文案技术在商务领域或者社会上加以运用。

最后对给予本书莫大支持的以下各位表示衷心感谢：赋予我创作契机的美术指导秋山具义先生，给我创作灵感的高濑真尚，三得利的和田龙夫、冲中直人，AEON 的坂本润，POOL 的小林麻衣子，还有宇宙物理学家佐治晴夫教授；在我苦恼时助我一臂之力的井上博史、吉田和彦、竹田芳幸；帮忙设计的宫内贤治，在繁忙的工作之余给予宝贵建议，令整本书更流畅的伊坂幸太郎。

还有多年来一直和我一起不断尝试的宣传会议各位同仁，帮忙做相关推广的 DAIMOND 公司的土江英明先生、佐佐木圭一先生。非常感谢！

我的想法传达到位了吗？

文案　小西利行

传达秘诀索引

期待各位读者善用这 20 个传达技巧，让工作、恋爱、生活有戏剧性的改变。

参考文献／参考视频

『清らかな厭世—言葉を失くした日本人へ（纯粹厌世主义－给丧失语言的日本人）』　阿久悠（新潮社）
『売る力　心をつかむ仕事術（零售心理战）』　鈴木敏文（文艺春秋）
『トヨタが「現場」でずっとくり返してきた言葉（丰田"现场"始终反复强调的语言）』　若松義人（PHP 研究所）
『伝え方が９割（别让成功卡在说话上）』　佐々木圭一（DIAMOND 公司）

～未来成就过去～
　基于 DR.HARUO SAJI WORK SHOP（2011 年 1 月）构思
～造成一人死亡的事故达两万多起～
　摘自 北野武　周刊《21 世纪毒谈特别编》
～有规则更容易思考～
　源自 高瀬真尚　宣传会议的文案培训讲座的启发
～不华丽的彩色牛仔裤～
　作者为 AEON 推出的彩色牛仔裤广告开发的文案
～ IT'S A BEAUTIFUL DAY AND I CAN'T SEE IT. ～
　（多美好的一天！但是我却看不见）
　摘自 purplefeather "the Power of Words"

本故事纯属虚构，与现实中人物以及团体无关！

插画／kazumototomomi
装帧・文本设计／宫内贤治

图书在版编目（CIP）数据

海豚一下　词意必达 /（日）小西利行著 ；吴秀玲，
唐蓉，招春玲译 . -- 上海 ：文汇出版社，2019.6
ISBN 978-7-5496-2794-3

Ⅰ . ①海… Ⅱ . ①小… ②吴… ③唐… ④招… Ⅲ .
①长篇小说 - 日本 - 当代 Ⅳ . ① I313.45

中国版本图书馆 CIP 数据核字 (2019) 第 026221 号

海豚一下　词意必达

著　　者 / （日）小西利行
译　　者 / 吴秀玲　唐蓉　招春玲
责任编辑 / 戴铮
装帧设计 / 肖煜

出版发行 / **文汇**出版社
　　　　　上海市威海路 755 号
　　　　　（邮政编码：200041）
经　　销 / 全国新华书店
印　　制 / 上海新文印刷厂
版　　次 / 2019 年 6 月第一版
印　　次 / 2019 年 6 月第一次印刷
开　　本 / 787×1092　1/32
字　　数 / 90 千字
印　　张 / 7.125

书　　号 / ISBN 978-7-5496-2794-3
定　　价 / 30.00 元